貴族探偵
みらい文庫版

麻耶雄嵩・作
きろばいと・絵

集英社みらい文庫

登場人物紹介

日岡美咲

出版社の編集者。恋人と別れた帰り道に大石が飛び出してきて!?

貴族探偵

自称「貴族」で趣味は「探偵」という、謎の紳士。名前も出せないほどすごい名家の人らしく、いつも余裕たっぷりの態度だが……?

豊郷皐月

聡明で美しい令嬢。従姉妹の婚約者が決まるまで見守ることに。

「貴族探偵」の使用人たち
礼儀正しさや使用人としての身のこなしはもちろん、バツグンの推理力も持っている。
山本
背は低めだが、骨太そうでしっかりとした体つき。隙の無い完ぺきな執事。
田中
小柄でキュートなメイド♥　いつもあどけない明るい笑顔と声の持ち主。
佐藤
運転手兼ボディーガード。合気道の経験者。身長は約2メートルの巨体。

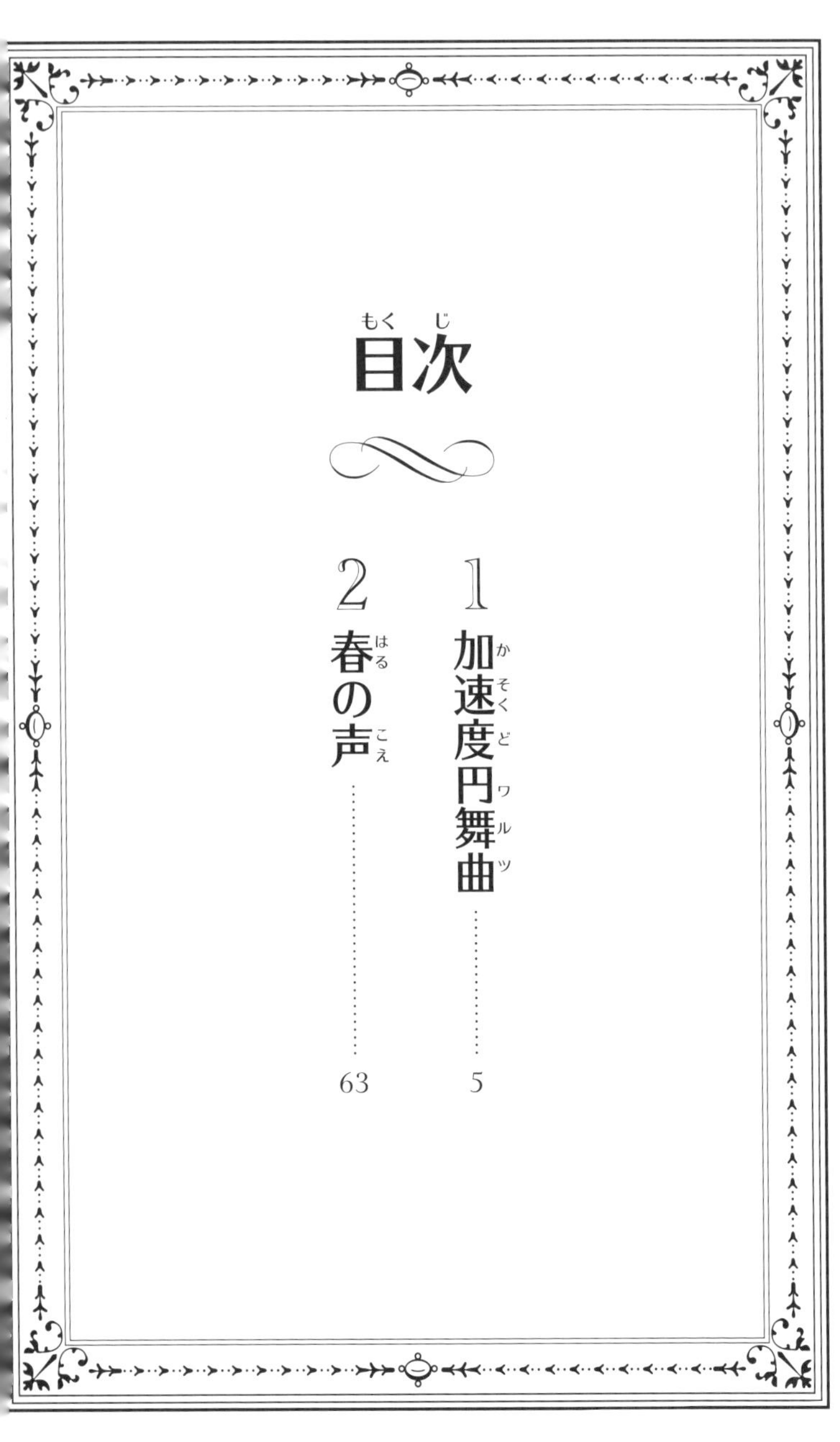

目次

1 加速度円舞曲（かそくどワルツ）

1

まったく、どうして私がこんな目に遭わなきゃいけないの。私が何か悪いことをした？　無理をおしてなんとか取れた春休みだというのに。

日岡美咲は悪態をつきながら、険しい山道で乱暴にハンドルを切った。アクセルを踏む足にもついつい力が入り、カーヴを曲がるごとにタイヤが悲鳴をあげる。

ケチのつき始めは昨日のことだ。親友の聡実と行くはずだったイタリア旅行が、彼女の都合でドタキャンになった。食中毒に罹ったのだ。賞味期限切れの牛乳でプリンを作ったという間抜けぶりに呆れたが、ひとりでイタリアへ行く気にもなれず、見舞いとチケットやホテルのキャンセルに昨日一日を費やしてしまった。

旅行のため一週間の休暇をとっていたのだが、突然予定が空いてしまったので、仕方なく恋人の清志に電話をかけると、大学時代の友人と吉美ヶ原の別荘にいて逢えないという。美咲も知っている名前だったので、こっそり行って驚かせてやれと、愛車のアクセラを駆って清志の別荘に行くと、驚かされたのは美咲の方だった。

別荘にいたのは美咲よりはるかに若い女。ふたりは人目を憚ることなく、庭先でいちゃついていた。見るからに昨日今日の間柄ではない。

美咲は無言で近づくと清志の頬をグーで一発殴り、今、傷心の帰途についているところだった。家に着く頃には陽も暮れているだろう。結局、貴重な休日が合計二日もムダに終わったことになる。その上、破局というおまけまでついて。

何より二股をかけられていたというのが、美咲には許せなかった。そんなことにも気づかず、健気に別荘まで食材を買い込んで来た自分にもだ。相手はまだ十代だろうか。有名アーティストそっくりのファッションで、バカそうに甲高い声を上げて笑っていた。いくら化粧で誤魔化しても、容姿は自分より下。明らかに若さだけが取り柄の女だった。もしかすると、そんな女に盗ら

れたことが一番ショックだったのかもしれない。

むしゃくしゃして運転が荒くなってしまう。道は一車線しかなく、しかもガードレールの向こうは谷底に繋がっている。二股かけられた上に事故で死んだら、いい笑い者だ。会社には親のコネで厚遇されている——この忙しい時期に一週間まとめて休みが取れたのもそのおかげだ——ことを快く思っていない同僚も多い。

少しばかり冷静になってスピードを落とそうとしたとき、目の前に突然、大石が飛び出してきた。一メートル以上はあるだろうか。灰色のゴツゴツした石だ。それが左手の法面[*1]の上から勢いよく道の真ん中に転げ落ちてきたのだ。慌ててブレーキを踏んだが間に合わず、衝撃とともに車が止まる。間一髪で石は避けられたが、脇のガードレールに見事にぶつかってしまった。

なんなのよ……ホントに今日は厄日だ。

エアバッグに顔を埋めながら、美咲は泣きたくなった。

落ち着いてから車外に出ると、美咲は再びショックを受けた。愛車の右前面がガードレールと一体化して、大きく凹んでいる。買ってからまだ半年しか乗ってないのに……。

とりあえずJAF[*2]を呼ばないと。この石はJAFがどかしてくれるのか。それとも警察？

バッグから携帯を取り出すと、圏外の表示。誰か通りかかるのを待つしかないらしい。そこで

＊1　法面……土木で人工的に造られた傾斜面のこと。　＊2　JAF……日本自動車連盟の略。

美咲は今まで対向車とすれ違わなかったことを思い出した。同方向の車も同じくらい少ないだろう。つまり、救いの手はいつ訪れるのかまったく判らないことになる。

美咲は呆然とあたりを見回した。奥深い山々は若葉で眩しいが、近くに民家も公衆電話もありそうにない。本当なら今日はスペイン広場で女ふたりで『ローマの休日』の真似事でもしていたはずなのに……聡実の腐乳プリンから、どこでどう間違ってこんな山奥で立ち往生する羽目になったのか。

途方に暮れていると、厭味なくらいに涼やかな谷川のせせらぎが耳に入ってくる。もしやと思っていた清志も追いかけてくる気配がない。途端に美咲はすべての気力を失くした。いや悟りの境地に入ったというべきかもしれない。幸い食料は買い込んであるし、この季節なら車内で寝ても風邪を引くことはないだろう。一日や二日くらい待ってもいいわ。どうせ休暇はあと五日あるのだし。

脱力して元凶の石に腰を下ろしていると、二十分ほどして背後からエンジン音が聞こえてきた。マリアナ海溝よりどん底だった運が少しは上向き始めたのかも……美咲は慌てて車の後ろに走り、両手を大きく振った。それにあわせて、黒塗りのリムジンがゆっくりとスピードを落とし、目の前で停まる。同時に運転席の窓が開き、四十過ぎの体格のいい男が顔を出した。頭に制帽を

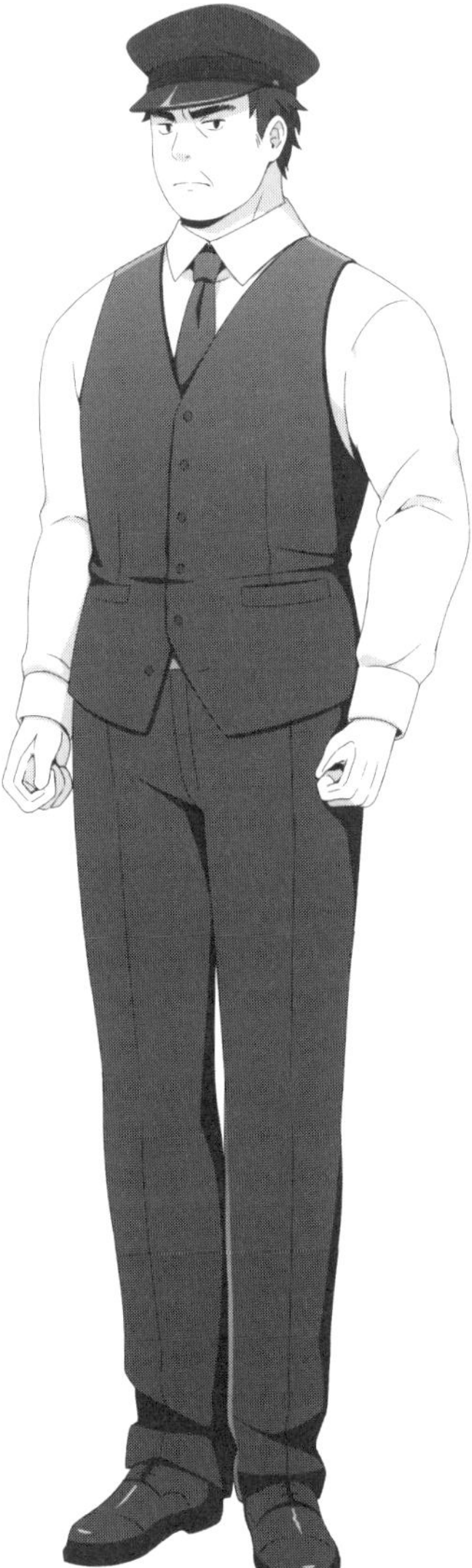

載せ、無地の白シャツに濃紺のベストを着ている。どこかの運転手らしい。

「どうかされましたか」

低めのよく通る声で、男は訊ねてきた。

「いきなり石が飛び出してきたの。それで車がぶつかって……携帯も圏外で通じないし、助けてくれない？」

「それは大変でしたね」

運転手は後部座席の人物に向かって何事か断ったのち、外に出てきた。座っているときは判らなかったが、プロレスラーのような、二メートルはありそうな巨漢だった。そのサイズに美咲が

気圧されていると、男はすすっと車の正面に回り、手際よく調べていたが、

「破損がひどくて運転は無理のようです。……この石が上から転げ落ちてきたのですか。これでは先へ進むことはできませんね」

石は道の中央に鎮座していて、大型のリムジンでは通り抜けることは不可能だ。もしスペースがあったなら、見捨てて行くつもりだったんじゃ？　ふと疑念が過る。

「あなたの力でも無理？　すごく力がありそうだけど」

「どうでしょう。試してみてもいいですが、まず警察に連絡したほうがいいでしょう」

「でも、携帯は圏外で……」

「大丈夫ですよ。この車の電話は衛星回線を使っていますから」

丸顔で巨漢の運転手はにっこりと微笑むと、運転席に戻り受話器を取る。ガードレールに身体をあずけながら美咲が眺めていると、

「状況を説明しました。警察はすぐに来るようです。それとお疲れでしょうから、よろしければ車内でお待ちになりますか？　御前もそうされた方がいいと申しておりますが」

「そうね。この際だからお邪魔させてもらうわ。お礼も云わなければならないし」

見知らぬ車に乗るなど普段なら警戒するところだが、精神的に疲れていたのと、この運転手が

悪い人間には見えなかったので、乗せてもらうことにした。

ドアを開け後部座席を覗き込むと、驚いたことに車内にいたのは、自分より少し年上の若い男だった。〝御前〟という呼称から、美咲はてっきり白髪の老人だと思っていた。

「とんだ災難でしたね。でも怪我がなくてよかった。こんな美しいご婦人に何かあれば、我が国の損失ですからね」

男は優しい声で歯が浮く台詞を云う。だが不思議と厭らしくは聞こえない。云い馴れて板についているせいだろう、と美咲は判断した。

男は運転手と対照的に細身の体つきで、色白の顔には豊かな口髭を蓄えていた。パーティにでも行く途中だったのか、常盤洋服店の皺一つない正装で身を固めている。

「本当にありがとう。こんな場所で立ち往生してしまって、どうしていいか判らず困っていたところだったの」

「いや、困っているご婦人を助けるのは、紳士のたしなみです。警察が来るまでここでごゆっくりお待ちください」

「でも、忙しいのに迷惑を掛けてしまって。何か用事があったんでしょう」

「いや、別に大した用事ではありませんから。それにこの春はろくな刺激もなく退屈していたところだったんですよ。ですからこんなお美しい方と話せるのであれば大歓迎です。天照大神に感謝しなければ。そういえばまだお名前を伺っていませんでしたね」

美咲が名前を述べると、「お美しい名前ですね」と褒めそやす。逆に美咲が名を訊ねると、

「私は……そうですね、人は私のことを貴族探偵と呼びます」

「探偵？」

「ただの探偵ではありません。貴族探偵ですよ」

貴族というところに自負がある様子で、男は強調した。同時に名刺を手渡す。名刺には住所も名前もなく、ただ中央に金の箔押しで〝貴族探偵〟とだけ大きく記されていた。普通の探偵とど

う違うのか気になったが、あまり詮索しない方がいいかも、と美咲の本能が警告する。

「ところで、衝突の具合を見ると、美咲さんの方こそ何か急ぎの用事でもあったようですが」

「それが……」

むしゃくしゃしていたせいもあり、つい二股のことを話してしまった。いつも聡実に愚痴る調子で。全て話し終えてから、不作法に気づき、

「ごめんなさい。こんなことを知らない人に愚痴ったりして。恥ずかしい」

「いえ。構いませんよ。でもあなたのようなお美しい方だけでは満足できないなんて、馬鹿な男ですね。相手の名前は？」

「谷川清志って名前よ。口にするのもむかつくわ」

「ほう。吉美ヶ原に別荘を持つ谷川清志ですか。まあいずれ彼には天誅が下るでしょう」

にこにこと語る口調があまりに自然で、それゆえ真に迫っていたので、もしかして暴力団関係の人間ではないかと、美咲は後悔した。よほど心配げな表情をしていたのだろう。探偵はにこやかに笑うと、

「なに、*天網恢々疎にして漏らさず。神様が少しお灸を据えるだけです。私は美咲さんが心配されるような違法な人間などではありませんから。ちゃんと憲法で身分が保証されています」
＊天網恢々疎にして漏らさず……悪事を行えば必ず捕えられ、天罰を受けるということ。

「おかしな人ね」どうも相手の冗談を真に受けてしまったようだ。恥ずかしさを誤魔化すために、美咲は慌てて話題を変えた。「ところで探偵さん。探偵というと、やっぱり殺人事件の捜査とかされるのかしら。それとも素行調査のような地味な仕事を？」

「探偵に興味があるんですか？」

「ええ、少し」

「私は趣味で探偵をやっているだけです。報酬を貰って依頼を受けるわけではなく、気に入った仕事だけを引き受けるのです。特にあなたのような美しい方の依頼を。残念ながら、落石事故程度では力を発揮しようがないですが」

もう五度以上も〝美しい〟と讃美された気がする。昨日までなら、こんなお世辞など洟も引っかけなかっただろうが、失恋の直後だけに嬉しかった。

「そのうち、私が活躍するところをお見せできればいいのですが」

そうこうしているうちに、警察やＪＡＦが来て車外が慌ただしくなってきた。美咲も事情を訊かれたが、意外と早く解放された。運転手が警官たちに何事かを伝えていたので、そのせいかもしれない。もしかすると、この若者は土地の有力者の息子なのかも。たしかに、少々変わってはいるが、育ちが良さそうな所作と身なりをしている。父親が成り上がっただけの清志とはどこか違う。

「しかし落石とは、ここの連中は税金で何をしているのかね。あとで首長を叱っておかないとな」

「それが、御前。どうも単純な落石ではないようです」

神妙な声で言って運転手が振り返る。

「どういうことだ？　佐藤」

「警官たちの話では、この近辺は地盤が固く落石は過去に一件もないようです。彼らも首を捻っていました。それに先ほど見ましたところ、あの石には少しばかり人の手が入っているように思われました」

「なるほど、面白いこともあるものだ。誰かが美咲さんを狙って投げ落としたというのか？　美咲さん、命を狙われる心当たりはありますか」

「ないわよ。そんなの」

びっくりしながら否定したが、脳裏には清志の顔が浮かんでいた。でも、明日明後日ならともかく、すぐに石を準備してというのは、さすがに手際が良すぎる気がする。

「毎日通る道ではありませんし、狙ってぶつけることは難しいでしょう。それに私たちが来るまでに二十分ほどありましたから、降りてきて日岡様を殺害することもできたはずです。ですから日岡様を狙ってのことではないと思われます。むしろこの上の別荘の庭にでも置かれていたものが落ちたのではないかと」

「そのことは、あの連中に話したのか？」

「いえ。まだでございます。御前のお考えを伺ってからと思いまして」

探偵はふむと頷き腕組みしていたが、やがて美咲に視線を移すと、唐突な提案をした。

「どうです、美咲さん。警察に任せてこのままお送りしてもいいですが、一つこの物騒な落とし主に文句を云ってやりませんか」

いつもなら断るところだが、むしゃくしゃしていたし、休暇の予定がまっさらになったこともあって、美咲は即座に頷いた。自ら貴族探偵と称する青年が少し気になったのもある。

「佐藤、そういうことだ」

「はい。かしこまりました」

云うが早いか運転手はエンジンをかけ、石が片づけられて見通しが良くなった道を前進し始めた。

十分後、カーナビ（美咲が使っているものより、というか店頭で見かけたことがないほど詳細で、ほとんど住宅地図並みだった）を頼りに辿り着いたのは、小ぶりな別荘の前だった。事故現場からかなり上に位置している。このあたりも吉美ヶ原の別荘地の一部だが、清志の別荘がある山とは違ってまだまばらにしか建っていない。そのため特定が容易かったのだ。

「ここって……富士見荘じゃない」

ログハウス風の別荘の正面に回ったとき、見覚えのある外観に、美咲は思わず声を上げた。

「どうしたんです。この別荘の持ち主をご存じなのですか。もしかして例の彼氏の別荘だとか」

隣の探偵が意外そうに訊ねてくる。だがそれは違うと彼女は首を振り、

「ミステリ作家の厄神春柾先生よ。昨年、ここに一度お邪魔させていただいたことがあるの。先生とご一緒に仕事をさせていただいたときに」

前に訪れたときは、厄神の車に乗せてもらったので、道をほとんど覚えていなかった。そのため家の前に来るまでは、まったく気づかなかった。

「厄神というのはあのベストセラー作家の？　小説は読んだことがないが、映画は見たことがありますよ。実につまらなかった」

「御前。あれは結末が変えてありまして、原作はもう少し面白かったはずです」

読者のひとりらしく運転手が小声で口を挟んだ。

「それより、美咲さんは編集者だったんですか」

「あ、はい」

二股のことは話したのに、仕事については何一つ話していなかったことに、美咲は気づいた。なんだかバランスが悪い。それもこれもプリンのせいだ。

「面白い職業に就かれているんですね。で、その厄神なんとかが、この別荘の主でここで仕事をしていると。しかしベストセラー作家にしてはずいぶん小さな別荘ですね。儲けた分は派手に使って市井に還元しないと意味はないというのに」

侮蔑を交えて探偵が云う。一般論としてはあながち的外れでもないが、このケースは違う。

厄神春柾は三十一歳の時に新人賞に佳作入選してデビューしたが、最初の五年間はぱっとしない存在だった。それが今から十年前『チャールダーシュ刑事』がいきなりミリオンセラーを記録しブレイク、以後売れっ子作家の仲間入りをすることになる。一富士二鷹三茄子ではないが、その年の正月に富士山の初夢を見ていたことから、彼は富士山に特別の思い入れを抱くようになる。厄神は元々俗説や迷信を気にするタイプで、夜に新しい靴をおろさない、寝る時には靴下を履かない、北枕で寝ない、霊柩車にあうと親指を隠す、敷居や畳の縁を踏まない、といったことを大人になっても実行していた。そういう性格だったため、翌年には富士山に昇る朝日が見える場所に新居を構え移り住んだ。家はこの別荘から車で二十分ほど下ったところにあり、窓から富士山を眺めながら執筆を行っていたが、三年前にリゾート施設が建ち視界を遮るようになった。呼応するように厄神は突如スランプに陥り、慌てて近くで中古で売り出されていたこの別荘を買ったのだ。今は、執筆はこの別荘で、生活は麓の本宅でという生活を送っている。麓の本宅は立派なものだが、別荘の方は急を要していたために、小振りで築年が古いこしかなかった。

　そのことを美咲が説明すると、途中から興味を失っていたのか探偵は「そうですか。鰯の頭も信心からといいますし」と気乗りしない様子で答えただけだった。力説した結果がこれで、なんだか拍子抜けをした美咲だったが、

「まさか厄神先生が石を落としたの」

「その可能性が高いようですね」答えたのは運転席の佐藤だった。「他にそれらしい別荘はありませんので」

「信じられないわ。作家には変な人が多いと世間では云われているけど、こと厄神先生に関しては、富士信仰以外はいたってまともな方なのよ」

「人は色々な貌を持っていると云いますからね。いずれにせよ、もうすぐ真実が解ると思いますよ」

別荘はログハウス風の平屋で、玄関ドアの上に『富士見荘』という看板が掲げられている。別荘の奥には、ガラス張りの温室の屋根が見えている。これは一昨年厄神が増築したもので、趣味の蘭を栽培していると聞いたことがあった。

貴族探偵のエスコートで美咲はリムジンから出たものの二の足を踏んでいた。

「待って。引き返すわけにはいかない?」

見ず知らずの相手ならともかく、相手が厄神と知ったあとでは、ことを荒立てる気になれない。それに間違っている可能性もあるのだ。厄神は普段は紳士だが、カッとなり易いという噂も耳にしている。

「こういうことはきちんと筋を通した方がいいんですよ。ベストセラー作家なら修理代が払えないということはないだろうし。慰謝料代わりに原稿をもらえるかもしれませんよ」

「他人事だと思って」

美咲の抗議に足を止めることなく、探偵は玄関までスタスタと歩んでいくと、呼び鈴を鳴らした。

「待ってって云ったのに」

もう手遅れだ。この場から逃げ出したい気持ちを抑えながら応答を待ったが、何の反応もない。

部屋に明かりが点いているので、留守ではなさそうだ。

「罪を認めるのが厭で、居留守を使っているのかもしれませんね」

探偵がドアに手を掛ける。鍵が掛かっておらず、ドアは簡単に開いた。

「おい！　誰かいるか」

鋭い口調で呼びかけるが、返答はない。再び呼びかけたところで痺れを切らしたのか、探偵はずかずかと中に入っていった。

「駄目よ、勝手に入っちゃ。温室にいるかもしれないじゃない」

「礼は尽くしたんだ。文句を云われる筋合いはないでしょう」

平然と答えた時点で、もう部屋の中央まで進んでいた。放っておくと家捜ししかねない勢いだったので、美咲も慌てて部屋に上がる。玄関を入ってすぐのこの部屋はリヴィングで、テーブルやソファー、ＴＶなどが十畳ほどの中に並んでいる。美咲も他社の編集者といっしょに、このリヴィングで夫妻から紅茶でもてなされた。

リヴィングの奥にはキッチンがあり、左手には仕事場の書斎がある。書斎にはベッドがあり、締め切り間際には寝泊まりできるようになっているらしい。〝らしい〟というのは、美咲は入ったことがなかったからだ。厄神は書斎を他人に見られるのを極度に嫌っていた。おそらく立ち入れるのは夫人くらいなものだろう。TVや雑誌で組まれる仕事場の取材なども頑なに断り続けていて、業界では厄神の仕事場は、不可知の領域、ある種の聖域になっていた。部屋全体が富士山を模したカラクリ仕掛けになっているとか、浅間大社の旧鳥居が飾ってあるとかいう噂も聞いたことがある。

その書斎のドアが軽く開いている。探偵は自分の部屋であるかのように自然な仕草でドアを開けると、

「逃げたって無駄だ。いくら有名な作家だといっても、事故の責任はきちんととらなければね。それが国民の務めだろ」

ところが扉を開けたところで、見えない壁にぶつかったように探偵が立ち止まる。

「どうしたの？」

「いやいや、こんなショーが控えていたとは、さすがの私にも判りませんでした」

にやりと笑う彼の背中から美咲が覗き込むと、厄神春柾が痛ましい姿でベッドに倒れ込んでいた。

2

やっぱり今日はついてない。

最初のショックが和らいで少し冷静になった美咲は、書斎の入り口にもたれかかり改めて嘆いた。殺人事件に、それも厄神先生の惨殺死体に出くわすなんて……。

「これはすごい。事件に出くわすことはよくあるが、死体の第一発見者になるとは」

目の前の探偵は口髭を撫でながら妙な感嘆をしている。もしかして彼が殺したのでは……そう勘繰りたくなる程に、探偵は冷静だった。

「佐藤！」

やがてよく通る声で、彼は玄関に向かって呼びかける。すると巨体をゆすってすぐに運転手が現れた。彼は死体を見ると、一瞬ぴくと眉を動かした。

「御前が、この男性を？」

真面目くさった声で訊ねかける。

「まさか。そんな野暮なことはしない。それくらいお前にも解るだろ」

「はい。殺された直後という感じではないようです」

何の躊躇いもなく死体に近づいた佐藤は、冷静に脈を取った。

「しかし最近では一番の出来事だな、佐藤。今年の春は椿の馬鹿息子がポーカーで巻きあげられて子会社を一つ失ったことくらいで、退屈だったからな。あれは本人以外には結果が見えていたから、さして意外性はなかったが……。佐藤はこうなることを予見していたのか？」

「いいえ、御前。犯罪の気配は感じていましたが、ここまでとは」

謙遜気味に運転手は答えた。

「気配は感じていたと。さすがにお前は鼻が利くな。私が見込んだだけのことはある。シュピーゲルもお前くらいの鼻を持っていれば、もっと楽に狐狩りができるんだが」

「御前。僭越ながら、優れた犬を持つと狩りをする意味がなくなってしまうと存じますが。ハンティングは成果ではなく過程を楽しむスポーツですから」

「たしかに。うまいことを云う」

「ちょっと！　こんなところで雑談をしてないで、早く警察に連絡しないと！」

場を弁えず談笑するふたりに業を煮やし、思わず美咲は声を荒らげた。探偵はなぜ怒っているのか解らないといった不可解な表情を見せながらも、「それもそうだな」と運転手に通報の指示を出す。

女の自分が狼狽えているんだから、男がなんとか落ち着かせてくれてもいいのに。それがまるでＴＶの画面越しにミステリドラマを見ているかのように、気楽な雑談をしている。これなら男が狼狽えすぎて、自分が冷静になるパターンの方がまだましだ。ひとり狼狽えている自分が馬鹿みたいに思える。だが目の前に死体はあり、自分の感覚の方が正常なはずだ。

美咲は自分にいい聞かせると、こうなったら自分だけでも、〝正しい〟冷静さを保たなければならないと決意した。彼らがふざけて暴走しないように見張らなければ。現場を荒らされた挙げ句に犯人が逮捕できなかったりしようものなら、天国の厄神先生も浮かばれない。

「御前。警察が来れば事情の説明に時間をとられることでしょう。迎えのヘリを呼んで、御前だけでも先にお帰りになりますか？」

戻ってきた佐藤が軽く身を屈め、恭しく訊ねる。

「その必要はない。私はよくても、美咲さんは足止めを喰らうだろう。なにせ被害者をよく知る人物だし、警察も単なる偶然とは思ってくれないだろう。ご婦人を残して帰るのは私の趣味ではない。なにより美咲さんを今夜のディナーに誘おうと考えていたところなんだからな」

探偵はちらっと美咲を見たあと、

「それよりももっといい方法がある。この事件をさっさと処理すれば万事解決だ。私もご婦人の前ではいいところを見せたいからな。……どうです。事件が早く解決したら、そのあと一緒にディナーをいかがですか？」

ようやく探偵らしい言葉を彼は口にした。動機は不純だったが。美咲は迷ったものの、

「解決できたら、考えてみるわ」

とりあえず保留する。下手に断って、立ち去られては困る。それに探偵としてどれだけ優れているのか興味があった。仕事がら名探偵が出てくる小説は何十冊も読んでいるが、本物に遭遇したことはまだなかった。

「約束ですよ」

既に行くことが決まったような口ぶりで彼は微笑むと、

「では、早速捜査に取り掛かろうか」

だが即座に動いたのは、探偵ではなく運転手の方だった。彼は現場を乱さないように慎重な所作で死体を調べ始める。元から白い手袋を嵌めているので、指紋は問題ない。

つられるように美咲は改めて書斎を眺めた。書斎は意外と小さく、六畳ほどだろうか、ベッドに机、本棚などが壁際に並んでいる（図―1）。床は板張りが剝きだしで、絨毯は敷かれていない。中古を買ったせいか、所々疵が残っている。

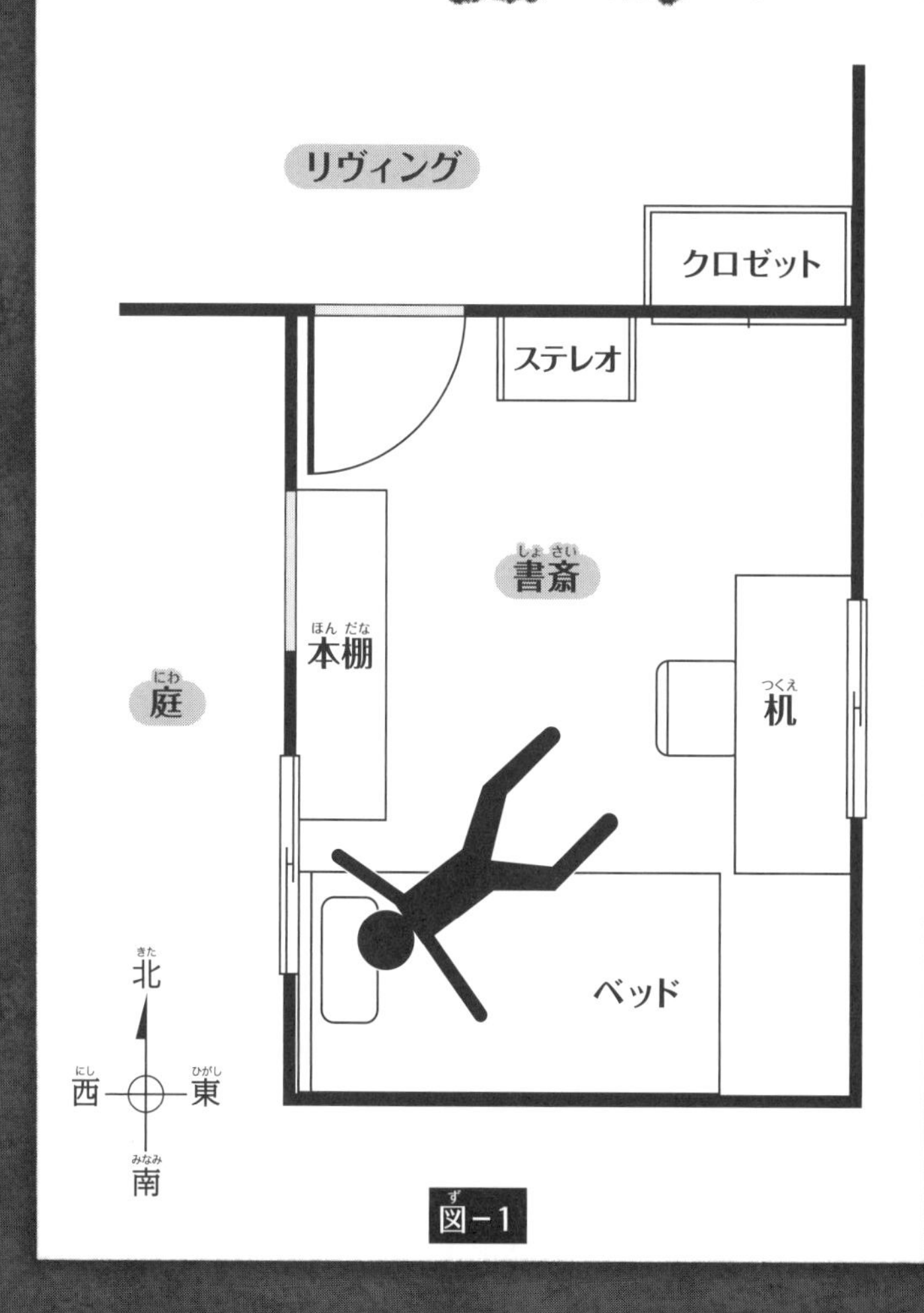

図－1

厄神が倒れ込んでいるベッドは南の壁に沿うように置かれ、枕許には窓がついていた。窓からは庭に並べられた蘭の鉢が見える。

窓は東側にもあり、右側に抽斗がついたマホガニーの机が窓に向かって置かれていた。窓からは富士見荘を買った要因である富士山の雄姿が遠目に見えた。机の上のパソコンは電源がオフになっている。

戸口近くの北側には、はめ込み式のクロゼットと、立派なオーディオ装置が並んでいて、脇には小さなラックがあり、演歌のCDが収められていた。オーディオの上には富士山の大きなパネルが飾られている。最後の西側には一メートル半ほどの幅の本棚が腰を据えている。下段は開き戸がついていて何が入っているのかはわからないが、上の棚には資料や事典、自作などが並んでいる。最上部の二段は、いかにも厄神らしいというか、富士山の写真集や関連本で埋められていた。

おそらく編集者のなかで書斎を見たのは自分が初めてだろう。噂と異なり他の作家と大きく変わらないつくりだが、それを知っただけでも価値がある。ただこのような形でなされたのが悔やまれるが。

複雑な心境でいると、遺体を調べていた運転手が顔を上げた。

「後頭部を何度も殴られています。凶器はおそらくこれでしょう。ベッドの下に転がっていましたから」

　彼は五十センチほどのトロフィーを掲げた。そのトロフィーに美咲は見覚えがあった。日本ミステリ大賞の正賞で、厄神が『チャールダーシュ刑事』で獲ったものだ。厄神にとって最も思い出深い品だろう。それで撲殺されるとは。トロフィーは真鍮製で、寸詰まりのバットのような形をしている。*エクスクラメーションマークをデザイン化したものらしいが、その形状から棍棒代わりにちょうどいいとブラックジョークが囁かれていた。実際棍棒代わりに使用されたのは厄神が初めてだろう。

　美咲が事情を説明すると、

「人殺しで賞賛を浴びて獲得したもので殴り殺されたわけか。因果は巡るな」

　人殺しを調査している探偵の言葉とは、とうてい思えない。もっとも今のところ彼は何もしていないのだが。

　そのことを訊ねようとしたとき、運転手が身を起こして探偵に報告した。

「おそらく被害者は最初正面から顔を殴られたのでしょう。そしてベッドに倒れたところを背後から左側頭部を何度も殴られたと」


*エクスクラメーションマーク……「！」のこと。

「そんなことも判るの？」

「枕をご覧下さい」と佐藤が巨体を横にずらす。

厄神は膝を床に突き、上半身をベッドに斜めにあずける形で倒れていた。顔は枕の上にある。

枕はカーテンと同じスカイブルーのカバーがついた低反発ピローだったが、ちょうど鼻の辺りを中心にCDほどの大きさの血が染み込んでいた。

「これは最初に顔を殴られたのが原因で出た鼻血だと思われます。そして頭部の陥没の形状とトロフィーの形状を見比べますと、右頬を下にして壁向きに倒れ込んだところを、背後から殴り続けたことが判ります」

鼻血以外にほとんど出血はなかったようで、同じスカイブルーのシーツには、かすれたような血痕がいくつか付着しているだけだった。

「また凶器の台座の部分だけが綺麗に拭き取られているところを見ると、計画的な犯行でない可能性が高いです。元々最初の一撃が背後ではなく顔面であることからして、何らかの諍いがエスカレートした結果のように思われます」

「衝動的な犯行というやつか。あまり面白くない事件かもしれないな」

探偵は露骨にしらけた表情を見せている。

「いえ、御前。必ずしもそうとは云い切れません。見たところ被害者が殺されたのは、今から二時間ほど前の午後一時前後ですが……」

一時頃といえば、清志を驚かせようと別荘へ向かう途中、しかもうきうき気分で食料を買い込んでいた頃だ。それを思い出し、美咲は少し気が滅入った。

「ところが、日岡様が事故に遭われたのはおよそ四十分ほど前のことです。あの落石が事件と関係があるのなら犯人は犯行後一時間以上もこの別荘にいたことになります」

「つまり、その一時間のあいだ犯人がどういうわけかぐずぐずしていたのだな。それは興味があるな」

この探偵のやる気は、さながら富士山の天気のようにコロコロ変わるようだ。途端に明るい表情になる。

「それで、御前。私はこれから別荘の周りを調べてこようと思うのですが。この事件は石が落とされたことと深く関連があると思われますので」

探偵が「いいだろう」と頷くと、運転手はすぐさま玄関に向かい靴を履き始めた。美咲はてっきり探偵も同行するものと思っていたのだが、彼は玄関まで行かず途中のリヴィングのソファーにどっかと腰を下ろした。特に何か調べるわけでもなく、ただくつろいでいるという感じだ。

「あなたは行かないの」

びっくりした美咲が訊ねると、

「つまらない作業は佐藤に任せておけばいいんですよ。私の出番はもっと後に控えていますから。どうです。時間も時間ですし、ここで一緒にティーブレイクでも」

つまりあのレスラー運転手が情報を拾い集め、この探偵が推理する。いわゆる安楽椅子探偵というものだろうか。担当した作家にも安楽椅子探偵を看板シリーズにしている人がいた。残念なことに昨年*鬼籍に入ってしまったが。

「私は佐藤さんと行くわ。いくら厄神先生でも、死人と同じ家で待ってるなんて厭だもの。それに万が一犯人が戻ってきたとき、佐藤さんの傍だと安心だし」

すると彼は意外そうに片眉を上げ、華奢な腕で空手の構えを見せた。

「私もそこそこやるんですよ。武芸は貴族のたしなみですからね」

「そうは見えないけど」

「侮ってもらっては困ります。ご存じですか。近代オリンピックが始まった頃は、貴族が代表に選ばれていたんですよ」

自分が代表で出たわけではないだろうに、なぜか得意気だ。


*鬼籍に入る……死亡すること。

「それはアマチュアリズムの名のもとに肉体労働者を出来る限り排除していただけでしょ。それに私は探偵がどのように捜査するのか興味があるの」

「なるほど、職業病というものですね。なら私も美咲さんのボディーガードを兼ねて同行しましょう。それに佐藤が怠けていないか眼を光らすのも、主の務めですし」

適当に理由をつけ探偵は立ち上がると、億劫そうに美咲のあとをついてきた。

「地図と照らし合わせますと、この別荘の裏手の一部が下り斜面になっているようです」

そう説明すると、運転手は敷地の南側の径を歩き出した。裏に回るには北側を行くほうが近いが、別荘の北側は建物の際までブナの木が迫っていて人が通れる余裕はない。

裏手へと続く径は薄く砂利が敷いてあり、車の轍*に相当する部分だけ地面が露出していた。いつも車を裏に停めているのだろう。そういえば、以前招待されたときに、先に美咲たちを玄関の前で降ろしたあと、玄関が内側から開けられて、厄神が出迎えたことを思い出した。

南の径はやがて温室に突き当たり別荘の裏手に曲がっていた（図―2）。轍も同じように折れ

*轍……車の通った後に残る車輪の跡。

ている。あとで温室を増築したせいか、温室と別荘に挟まれた小径は車一台が辛うじて通れるくらいの幅しかない。美咲の腕では、バックだと擦ってしまいそうな狭い間隔だった。

小径の西側には温室のガラス壁が迫り、東側には書斎から見えた蘭が並ぶ小さな庭がある。リヴィングより書斎の方が小さいので、奥行きの差だけ庭が設けられているようだ。温室では熱帯性の蘭が育てられていた。

「花の趣味はいいようだな。愛情も感じられる。いくつか持って帰りたいくらいだ」

温室と庭を交互に見比べながら探偵が呟いている。

庭には腰の高さまで、細い丸太で組まれた柵が巡らされていた。柵は途中一箇所で途切れ、中へ入れるようになっていた。入り口から庭にレンガを敷いた径が通っている。

小径はやがて勝手口があるキッチンの裏側に出た。反対側の温室もその辺りで終わり、一メートルほど奥まったところに物置らしき小屋が建っている。見た目が古いので昔からのものだろう。そして物置の前の空いた空間に、小径に半分はみ出すように、左ハンドルの外車が停められていた。エンブレムからボルボらしいが、詳しい車種は美咲には判らない。厄神の愛車で、去年美咲も乗せてもらった。砂利は勝手口のあたりで途切れ、そこから二メートルばかり剥き出しの地面が続いていた。その先はまばらにブナが立ち並ぶ急斜面になっている。

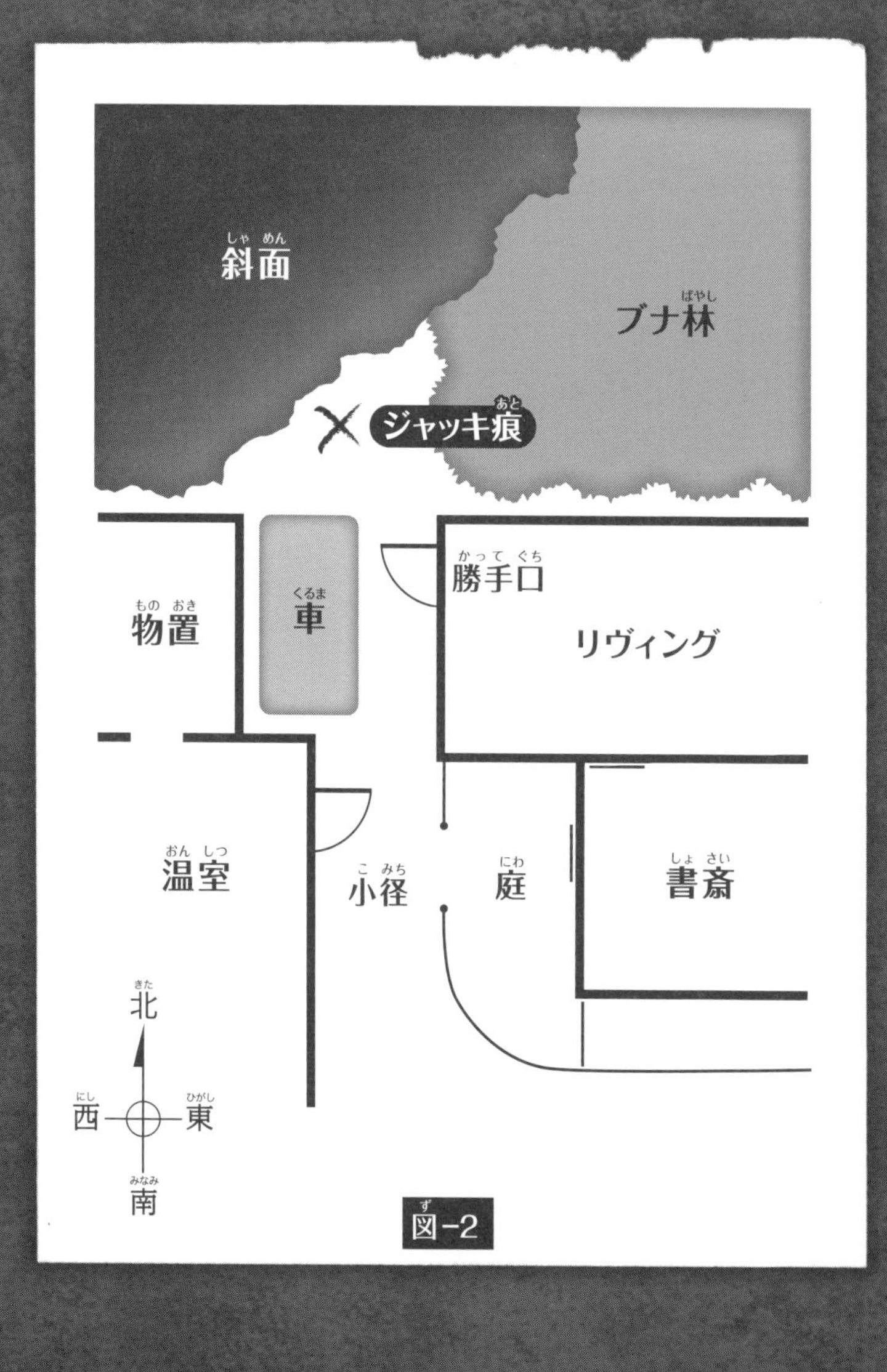

図-2

佐藤は斜面の縁に立って下を覗き込んでいたが、

「おそらく、ここから落とされたのだと思われます。草や木に重いものが通過したような傷んだ痕がありますので」

「なるほどな」

運転手と同じように覗き込みながら探偵は呟いた。

事故現場からはかなり距離があるが、方角的にはあっている。もし運転手の推測が正しければ、まさに運悪く石が美咲の前まで辿り着いたというしかない。

「で、どうして石なんか落としたのよ」

美咲は無性に犯人に腹が立ってきた。もちろん自分の運の悪さにも。

「日岡様を狙ったとは考え難いので、何らかの理由で捨てたのでしょうが、もともと何処にあったものなのか、それが気になります」

佐藤はその場で身を屈めて調べていたが、ちょうど小径が斜面に突き当たる手前一メートルほどの場所を指して、

「御覧下さい日岡様。地面が少しえぐれた痕が斜面までいくつかあります。形状からして、*ジャッキに棒などをかませて梃子の要領で転がしていったようです。本当はもっと丁寧に後始末

*ジャッキ……小さい力で重い物を垂直に持ち上げる機械装置。

をするつもりが、日岡様の車がぶつかる音が聞こえたので、焦ってぞんざいな処理で終わった可能性もあります。先ほどの道にはこんな痕がなかったところをみると、おそらく石はこの辺りに置かれていたのでしょう」

「軽トラックに積んで、斜面まで運んできたとは考えられないの？」

トラックは難しいが、軽トラックならこの狭い小径でも通れるだろう。美咲がそう訊ねると、

「可能性はなくはないですが、もし荷台に積んだのであれば、別荘から離れた場所に捨てたのではないでしょうか」

美咲を傷つけまいという思慮からか、腰の低い物云いで運転手は答えた。

「それもそうね。でも、あの石が厄神先生と関係のないもので、誰かがわざわざここまで捨てに来たということは？」

「失礼とは存じますが、それはあり得ないと思われます。一つは当の厄神様が殺されていること。もう一つは、人知れず処理をしたいのにわざわざ人家の、しかもこんな狭い径を通って捨てに来る人間はいないでしょう」

佐藤の言葉は筋が通っていたので、美咲も認めるしかない。

「じゃあ、温室にあったとは考えられないの？」

温室はリヴィングの裏手で庭の向かいにある。美咲が知りたいのはなぜ石が落とされたかで、別に石がどこにあっても関係なかったが、探偵めいたやりとりが（不謹慎だが）心地よく、つい質問を重ねてしまう。

「何の痕跡も見られませんでしたが、砂利の上ならば、地表よりうまく処理できたかもしれません。念のため確認することにします」

佐藤は得心したように頷き、小径を戻り温室の扉の前まで歩いていく。温室のドアは小径に面した一番北寄りにあるが、残念なことに施錠されていた。ただガラス越しに中を覗いたところ、南北に延びる細い通路の両脇に蘭がところ狭しと飾られ、石が置けるスペースなどなさそうに見える。

「だとしたら庭の方かしら」

とはいうものの、庭のほうもレンガの小径以外は蘭の鉢で埋まっている。

「あれ、あの扉って……」

美咲が指さしたのは、レンガの小径の突き当たりだった。先ほどは気づかなかったが、突き当たりには別荘から出られるように木製のドアがついていた。位置からして、書斎の西壁に当たる部分だ。しかし書斎にそんなドアがついていた記憶が美咲にはなかった。

「窓の位置から見て、本棚の裏に当たりますね。おそらく潰して使わなくなったのでは。裏への出口は一つあれば充分ですから」

「じゃあ、あの扉を何とか使えるようにして、部屋の中から石を運んだというのは」

「それだと、敷かれているレンガが割れたり欠けたりすると思われますが、見たところそんな痕跡はありません」

「やっぱり石は最初の場所にあったというわけね。で、どうして犯人は石を落としたの？」

最初の疑問に戻る。

「申し訳ありません。そこまではまだ」

珍しく運転手が言葉を濁す。仕方なく美咲は、ずっとつまらなそうに隣を歩いていた探偵に視線を移すと、

「どうなの探偵さん？」

「私ですか？　そうですね……」

探偵は深呼吸するように一度青空を見上げたあと、

「そろそろ戻って、ティータイムにしませんか。飲まず食わずだと、頭もまともに働きませんから。そうだろ、佐藤」

運転手が頷いたので、仕方なく一旦別荘に戻ることになった。勝手口の扉も鍵が開いていたので、そこから中へ入る。入り口には踏石がなく若干の段差があったが、そこは先に入った探偵がそつなく手を差し伸べてきた。

リヴィングに戻ると探偵は、すぐさまソファーに身を埋め、佐藤に紅茶の準備を命じた。

「勝手に使っちゃまずいんじゃないの。現場保存とかいうし」

「なに。空いているケトルとティーカップを使うくらい問題ないでしょう。それに有名作家だけあって、いい葉を使っている」

食器棚から持ち出した缶を開けて、匂いを嗅いでいる。何を云っても聞き入れそうにない雰囲気だ。

諦めてふたりでテーブルを囲み紅茶を飲んでいると、遠くからパトカーのサイレンが聞こえてきた。

3

久下村という中年の刑事は、最初胡散臭そうに美咲たちを見ていたが、佐藤が何事か囁くと、途端に口調を改めた。といっても、渋々という感じが身体中からにじみ出ていたが。

美咲が刑事に事情を説明していると、連絡を受けた令子夫人が別荘に到着した。夫人は元アイドルで六年前に厄神と結婚した。アイドル時代は目が大きく*コケティッシュな魅力を持っていたが、三十を越えても美しさは衰えず、むしろ大人の色香が増したほどで、今でも芸能界で通用しそうな華やかな女性だった。

夫人はひとりではなく、横に三十代半ばくらいのスーツ姿の男性がつき添っていた。美咲はその男の顔に見覚えがあった。滝野光敏。美咲と同じく厄神の担当編集者で、業界のパーティで何度か顔を合わせたことがある。やり手の編集者で、厄神の信頼も厚いと聞いている。

「どうして日岡さんが」

美咲を目にすると、驚いたように滝野は云った。

「ちょっとした偶然で。それに滝野さんこそどうしてここに」

「今日は先生に連載の原稿をいただく手筈になっていたんですよ。それでご自宅の方で昼から待

*コケティッシュ……いろっぽいようす。

たせていただいてたんですが……こんなことに」

「奥さん。このたびはご傷心のことと思います。……すると、午後からはそちらの滝野さんと一緒に本宅におられたのですね」

　久下村刑事が割って入る。さりげなくアリバイを確認するつもりなのだろう。仕事がら美咲にはすぐに解った。当然、滝野も解ったようで、憤慨したように鼻息を荒らげると、

「奥様は、まだショックから立ち直れてないんです。そういう話はもう少し落ち着いてからお願いできますか」

「いいんです」純白のハンカチで口許を覆い、か細い声で令子は答えた。「はい。昼の十二時過ぎに滝野さんがいらっしゃいまして。昨夜、主人から午後には完成すると連絡があったものですから、滝野さんにそう伝えました」

「先生は直前まで別荘に籠もっているせいで、原稿が仕上がるといつも寿司を食べに清水まで出られるんです。それですぐにお連れできるように、早めに来ているんです」

　厄神がお気に入りの寿司屋が清水港にあって、脱稿の直後ではなかったが、美咲も何度か接待したことがある。滝野が云っているのはその店のことだろう。なるほど原稿を受け取ったその足でもてなすのが良いのか……。美咲はこっそり記憶にメモした。

「そうですか。ところでご主人がこのようなことに遭われたことに、何か心当たりはありますか」

「主人はここに籠もって執筆していることがほとんどで、つきあいというのも広くはありませんし、トラブルがあったと主人の口から聞いたこともございません」

「それですが」夫人の顔を窺いながら、云い出しにくそうに滝野が口を開く。「もしかすると、厄神先生には愛人がいたかもしれないんです」

「本当なの！」

令子が振り返り声を上げる。美咲もびっくりした。厄神は愛妻家で有名だったからだ。

滝野は困り果てた表情で身を竦ませると、

「いえ、確信があるわけではないんです。ただ、月に何度か東京で僕と打ち合わせをしていたことにしてくれと頼まれたんです。それで、もしやと思ったので」

「滝野さん、信頼していたのに。私に内緒で主人とそんな隠し事を」

悲しみと怒りからか夫人の表情は複雑なものになっている。

「申し訳ありません、奥様。黙っていてくれと先生から強く頼まれましたので」

滝野はひたすら平謝りしている。

「それで相手は誰なの？」

「いえ、自分で云い出しておいてなんですが、愛人がいたというのもまったく僕の想像にすぎませんから。それに先生が頼まれる理由については、深く詮索しない方がいいと思ったので」

下手に詮索して厄神に嫌われたら元も子もない。滝野の理屈は美咲にも痛いほどよく解った。もし美咲が同様に頼まれたとしても、同じ女として夫人に激しく同情するが、きっと黙っていただろう。

「すると女性方面で動機があるかもしれないわけですね。滝野さんが頼まれたとき、どこへ行くとか聞いてませんか」

久下村が仲裁、いや滝野を救済するように質問する。

「それが先ほど云いましたとおり、敢えて知ろうとはしなかったので」

「まあ、仕方ないですね」

身に覚えがあるのか、刑事も素直に引き下がる。

「いったい、いつの間に他に女なんかを。恋敵は富士山だけかと思ってましたのに」

夫人は状況も忘れて厳しい表情で呟いている。事件とは別種のぴりぴりした空気が書斎に流れたとき、

「奥様。ご確認して頂きたいのですが、書斎に変わったところはございませんでしょうか？」

横合いからすっと現れた佐藤が訊ねた。夫人は彼の体軀にびっくりしたようだが、胸に手を当て落ち着く仕草をすると、ゆっくりと周囲を見渡した。

「いえ、特に変わったところはないと思います。週に一度は私が掃除に来ていますから」

「そうですか。すると凶器のトロフィーは、この書斎に置かれていたものでしょうか？」

「はい、いつも机の横に。主人が作家として初めて成功した想い出の品ですから。他のとは別にこのトロフィーだけは身近に置いていました」

制帽こそ脱いでいるが、刑事とも警官とも違う佐藤の服装に訝しげな表情を見せながら、夫人は素直に答える。

その様を久下村は苦々しげに見ているだけで、制止しようとはしない。事故の時もそうだったが、この貴族探偵は警察にかなり顔が利くようだ。といっても、当の探偵は、自分の出番はまだまだといった具合に、相変わらずカップ片手にリヴィングで腰を下ろしたままだったが。

「滝野様はいかがですか」

佐藤が水を向けると、

「僕はここに入るのは初めてですので、ちょっと判りません。ただミステリ大賞のトロフィーを大事にしているのは、何度か伺ったことがありますが」

滝野は心持ち夫人の前に移動し、佐藤や刑事たちとの間に入った。ちょうど盾になる感じだ。さすがやり手だけあって、このあたりそつがない。

「そうですか。では再び奥様にお伺いしますが、大きな石（と佐藤は両手を広げた。佐藤の体格では実際の石より二回り程大きいが）がこの別荘のどこかに置かれていたと思われるのですが、ご存じないですか」

「……石ですか」夫人はしばし口ごもっていたが、意を決したように「富士の石をここの裏に置いていました」

「富士の石ですか？」

「はい。三年ほど前に主人がある人に頼んで富士山から運ばせてきたのです。……もしかして違法なのですか。なんとなくそんな気がしていたのですが」

「詳しく調べてみないと判りませんが、この際それは問いませんよ」

久下村の答えに、安心したように令子が息を吐く。

「それで……富士の石がどうかしたんですか」

佐藤が事情を説明すると、夫人は絶句したあと、美咲の方に顔を向けた。

「あの石が日岡さんの車に。ごめんなさい。そんなことになっていたなんて」

深々と頭を下げる。逆に美咲が恐縮してしまうくらいだ。

「いえ。頭をお上げ下さい。奥様が謝られることではありませんから」

「それで、石がどこに置かれていたか、奥様はご存じでしたか」

令子は首を捻っていたが、

「……ええと、勝手口を出た奥だと思います。たしか裏の小径の突き当たりに。でもどうしてあんな石なんかを？」

佐藤の予想通りの場所だ。

「それは我々が今から調査します。奥さん、本当に愛人についてはご存じなかったのですね」

主導権を奪い返そうと、久下村が一歩踏み出し質問した。佐藤は大人しく引き下がったが、そのときリヴィングから場違いなのんびりした声が飛んできた。

「おい、佐藤。早くしないと美咲さんとディナーに行く時間がなくなってしまうぞ。準備はまだか」

貴族探偵だった。運転手は巨体をゆすり慌ててリヴィングに戻り、恭しく頭を下げる。

「仰せのままに、御前。準備は整ってございます」

「よろしい」

そして再び美咲たちの前に来ると、

「みなさま、ご足労ですが別荘の裏に来て頂けませんか。確認したいことがございますので」

遜った言葉とは裏腹に、運転手の口調には有無を云わせぬ響きがあった。

「わかった。わかった」

真っ先に反応したのは久下村だった。彼らに従えと上司から云われてでもいるのだろう。右手を玄関のほうに差し伸べると、

「奥さんと滝野さんもご一緒願えますか。奇妙に思われるでしょうが、こちらにもいろいろ事情がありまして。おい、お前らもだ」

久下村は部下の刑事たちにも、顎でついてくるように指示した。その顔は終始不満そうだった。

美咲は探偵のエスコートで一緒に勝手口から出る。運転手は用があったらしく、少し遅れてくると、何事か探偵に耳打ちしていた。すると探偵は満足げに大きく頷き、
「ディナーには間に合いそうですよ」

と美咲に向かって微笑んだ。

やがて玄関から迂回*してきた令子夫人や滝野、刑事たちがぞろぞろとやって来る。神妙な顔、不満げな顔、不可解な顔、みな様々だ。

貴族探偵は全員揃ったのを確認すると、胸を張り彼らの前に立った。

「では始めようか。……さてみなさん、この事件は非常に単純で簡単な事件でした。わざわざ私が登場することもないほどの。ただ美咲さんという美しいご婦人がいたから、私は貴重な時間を割いて関わったに過ぎません。まさに犯人にとってはそれが唯一の誤算だった」

色白の探偵がきりっとした表情で、探偵らしい口上を始めた。三年寝太郎ではないが、ようやく本領が発揮されるのかと美咲は思わず期待した。口髭もひときわ立派に見える。

だがそれは一瞬のことで、

「あとの説明は、この佐藤に任せるとしよう」

と、探偵はあっさりと脇へ退いてしまった。入れ替わりで運転手が前に出ると、

「みなさま。どうして石が落とされたのか？　それも殺害後一時間以上も経ったあとに。それが今回の事件のポイントだと思われます」

交代劇などなかったかのように、低い声で淡々と佐藤が説明し始める。

＊迂回……回り道や遠回りをすること。

「それは私も知りたいわ。そのせいで車を壊されたんだから」

なんとなく様子が訝しいと感じながらも、美咲が訊ねた。

「もし石があの場所にあった場合、何かおかしなことがあるのかを考えてみました。ところで奥様、石があったのはこのあたりですか？」

「もう少し奥だったと思います」

不安げに令子が答える。それはジャッキの痕が残っていた場所だった。運転手は指示された位置に立つと、

「久下村さん。ここに車のキーがありますので、これで被害者の車を移動していただけませんか」

「いつの間に」

運転手が遅れてきたのはそのためだったらしい。刑事は渋々ボルボに乗り込むと、エンジンをかけた。車は温室が邪魔でそのまま直進できず、いったんバックして切り返そうとした。だが一メートルあまり後退したところで、佐藤の目の前で停まる。窓が開き、

「きみが邪魔なんだ。そこをどいてくれなきゃ」

そこで刑事は何事か気づいたようだ。佐藤は我が意を得たりと大きく頷くと、

「そうです。久下村さん。ここに石があったのなら、車をあの場所に駐車するのは不可能なので

す」

「……つまり車を現在の場所に停めるために、石を動かしたというのか」

若干興奮気味だ。だがその先が解らないといった顔をしている。

「正確に云いますと、常に車があの場所に停まっていたと思わせたいがためです」

「違いがわからんな」

「それは普段車をどこに停めていたかを考えれば自ずと明らかになります。日岡様は、どこだと思われますか？」

「石の手前かしら？」

突然話を振られて、美咲は一瞬戸惑ったが、

「さすが日岡様は聡明でいらっしゃる。すり減った轍から、駐車時にこの小径が使われていたのは明らかです。そして小径は狭く、ここまで来ないと車のドアを開けることが出来ません。おそらく厄神様は今とは逆に前向きにこの径に乗り入れておられたのでしょう。そもそもたとえ石がなくとも、後進で斜面の際まで下がらなければならないというのは、考えにくいことです。夜に停めることもありますし。ところが今度は別の不都合が生じます。勝手口のドアは外開きですので、車が邪魔で扉が開かなくなってしまうのです」

「訝しいじゃないか。駐車位置はもっと手前じゃないのか」

久下村が小径の南側を指し示すと、

「前に進むと温室の扉が邪魔になりますし、そもそも小径は車幅ぎりぎりでドアを開けるスペースがありません。それよりも温室の増築後は、勝手口を使っていなかったと考えたほうが自然ではないでしょうか？　踏石もありませんし」

「では、被害者はいつもわざわざ玄関まで戻っていたというのか？」

「それは訝しいわ。去年私が招待されたとき、車を停めたあと屋内から玄関に招き入れられたもの。その時はもう温室を建てたあとだったし」

「となると、もうひとつ別の入り口があったということです」慇懃に群衆をかき分け小径を歩きながら、運転手は推理を続ける。「逆に云えば、厄神様が普段はもう一つの入り口を使っていたことを知られたくなかった、勝手口を使っていたと思わせたかったがために、わざわざ車を移動させたということです」

「ちょっと待て。もう一つの入り口というのは書斎の裏のドアか？　でもあれは本棚で塞がれているじゃないか」

「それこそが犯人が隠したかったことだと思われます。……みなさまご足労ですが、もう一度書斎に戻っていただけないでしょうか」

誰も異論を唱えなかった。全員が無言のまま勝手口から入る。

「書斎の扉を使うためには本棚が現在の位置では問題があります」

書斎に勢揃いした聴衆を前に、運転手は引き続き説明した。貴族探偵はといえば、リヴィングのソファーで髭を撫でひとりくつろいでいる。

「それでは本棚は元々どこにあったのか？　こうして眺めてみますと、北側の壁は入り口の扉とクロゼットがあるために置くのは無理です。東側の壁は机の位置を動かすことが不可能なので無理です。そもそも富士山を眺めるために被害者は中古の別荘を慌てて買ったのですから。またベッドを少し東へずらし、本棚を壁沿いに窓を塞いで端まで置くというのも、下段の本が取り出せなくなるので現実的ではありません。蘭の花壇が見える窓を塞いでしまうことにもなります。結果的にベッドを九十度回転させ南側の壁に沿って本棚を置くことが最もすっきりしています（図—3）」

「それが本来の位置だというのか。たしかに本棚は綺麗に収まるだろうが……そもそもどうして犯人は、扉を潰してまで本棚を移動する必要があったんだ？」

釈然としない表情で刑事が訊ねる。

「それはベッドと枕の位置を見ていただければ解ることと思います。もしベッドが横向きに西の壁に沿っていたとすれば不自然なことがあります」

美咲は頭の中でシミュレートしてみた。そして一つのことに気がついた。ベッドの移動前と後では壁に沿う辺が左右入れ替わっている。

「訝しいわ。犯人は窓際から殴ったことになる」

「さすがは日岡様、御前がお惹かれになっただけのことはあります。そうです。被害者の倒れた位置や頭部の痕、枕の場所から、ベッドの右側から殴られたことは明白です」

「馬鹿馬鹿しい。あんたは犯人があの窓越しに被害者を殴ったとでもいいたいのか」

久下村が詰め寄ると、運転手は即座に否定した。

「違います。これらから導き出されるのは、犯行現場はこの書斎ではなかったということです。つまりもう一つの寝室、本宅の方で殺されたかと。凶器のトロフィーはここではなく本宅に飾られていたとしても何ら不思議ではありません。そして殺害後に犯人は死体と枕とトロフィーをこの富士見荘に運んできた。しかし本宅と別荘ではベッドの縁が逆だった。そのためにベッドを九十度回転させ、邪魔な本棚を移動させ、その結果扉を潰してしまうことになり、急遽裏への出入り口として勝手口が必要になり、邪魔な車を移動させるために富士の石をどかしたのです。お

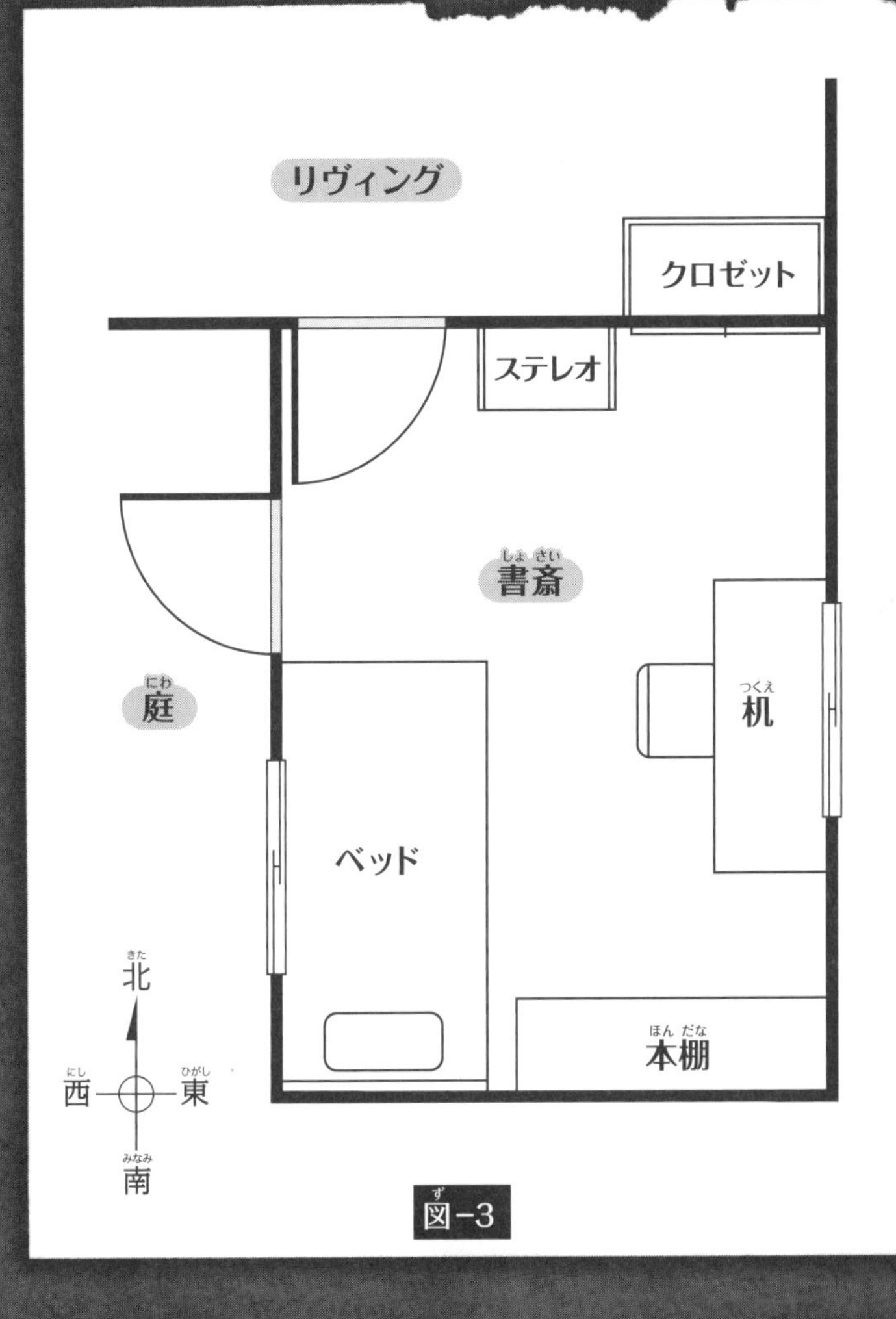

図－3

そらくそれらの作業で一時間あまりを要したのだと思われます」

久下村はベッドや本棚を見比べ、頭の中で整理していたようだが、やがて、

「つまり、犯行時刻に本宅にいたどちらかが犯人というわけか。となると、書斎に変化がないと嘘を吐いた夫人が怪しくなるが」

厳しい視線を令子に投げかける。彼女は俯いて黙ったままだ。

「被害者はご自分の車で本宅まで戻ってきたでしょうから、死体を別荘に運んだあと再び帰宅するためにはもう一台車が必要になります。つまりここに来るために二台の車が要るわけですから、当然ドライバーも二人必要になります。また家具や石を動かした労力を考えれば、ひとりではなかなか難しいと思われます」

「共犯か」

久下村の視線は今度は滝野に移った。滝野は怒りを押し殺した顔つきで、じっと佐藤を睨んでいる。

「ここからは単なる想像ですが、犯行現場が寝室であるということを考えますと、お二人は不倫をなさっているのではありませんか。その現場を見られたため結果的に殺害してしまったのでは。被害者の浮気についても、自分たちが実際にしていることなので、咄嗟に嘘で塗り固めることが

出来たと。もしかして被害者から伝えられた受け取り日は明日なのではないのでしょうか。締め切り前に被害者が別荘に泊まり込むことを利用して、常に一日早くやってきて情事に耽っていたのでは。それを何かの拍子に疑った厄神様が戻ってきて修羅場になった」

「適当なことばかり並べ立てて、なにか証拠はあるのか！」

青ざめて怯える令子と対照的に、滝野が喰ってかかる。殴りかからんばかりの勢いだったが、体格で勝る運転手は眉一本動かさず、

「滝野様は書斎には入っていないということでしたね。おそらく念入りにチェックはしたでしょうが、あなたの僅かな皮膚の欠片、体毛などが、枕に残っているかもしれません。この枕は本宅の寝室にあったものでしょうから。またいくら血が飛散しなかったとはいっても、微量の血痕が本宅のベッドのマットに染み込んでいる可能性もあります。シーツを処分するのは簡単でしょうが、この短時間でマットまで交換するのは難しいでしょうから」

唇を震わせ押し黙った滝野の姿を肯定ととったのか、久下村は鑑識に念入りに枕と本宅のベッドを調べるよう指示を出した。同時に警官が二人の両脇を固める。

「ひとつ気になることがあるの」

推理の最中、ずっと引っ掛かっていた疑問を美咲は投げかけた。

「左右が逆なら、単にベッドの上下を入れ替えれば良かったんじゃないの。そうすれば枕と頭の位置が反対になることはないし。わざわざ本棚を動かすことはなかったんじゃ」

「被害者が普通の人間ならそうしたでしょうが……そうなると頭を北へ向けて寝ていることになってしまいますので」

「そうよ！　あの厄神が北枕で寝るなんてあり得ないわ」

美貌を歪め、吐き捨てるように令子が叫んだ。

「結局枕一つのために、部屋の模様替えをした挙げ句、車の移動の邪魔になる石を落としたのね。その石に私がぶつかった」

リヴィングに戻った美咲はテーブルに右手をつき、雪だるま式の不思議な連鎖に溜息を吐いた。刑事や夫人たちはまだ書斎に残っている。

「仕事がら、警戒しすぎて過剰に反応してしまったのでしょう。北枕のまま放置したり、轍に目を瞑り小径へ折れる前で車を停めておくという賭けが出来なかったと思われます。もっとも石が下まで転がり落ちず途中の草叢で留まっていたのなら、あるいは警察も気づかなかったかもしれません。そこが犯人の誤算ですね」

佐藤も探偵の脇に控え、本来の業務に戻っていた。

「私の事故にもいいことはあったのね」

せめてもの慰めに、社会正義のため、厄神先生のために少しは役立ったと思うことにした。

「きっと、美咲さんには幸運の女神がついているのですよ。そのおかげで私はあなたと巡り会えた」

歯が浮く台詞とともに、ソファーの探偵が笑顔を向ける。事件があったことなど忘れてしまうかのような、一点の曇りもない笑顔だ。

「結局あなたは何一つ働かなかったわね。最初は勿体ぶっているだけだと思ってたけど……。本当に探偵なの」

すると探偵は心外そうに片眉を上げると、

「働きましたよ。佐藤は私の家の使用人です。あなたは家を建てるときに、自分で材木を削りますか。貴族が自ら汗するような国は、傾いている証拠ですよ」

「じゃあ、書斎で豪語したあなたの出番って、なんだったの？」

「もちろん、美咲さんをディナーに誘うことですよ。今日、一番重要な使命じゃないですか。……で、このまま帰りますか。それともご一緒していただけますか？」

貴族探偵は立ち上がると、華奢な手を差し出して優雅にエスコートした。

ローマの夢は御破算になったが、プリンに始まる玉突きが、やがてオードリーみたいなロマンスに発展するかもしれない。それにこれくらい変わった男の方がスリルがあるだろう。どうせ今は休暇も彼も空白だし。

「一緒に行けば、あなたの名前を教えてくれる？」

「喜んで」

「じゃあ、お願いするわ」

美咲は天使の微笑みを浮かべて、その手をとった。

2
春の声

1

　葛尾市は奈良の南部、吉野の山々の北端に位置する小さな町である。江戸時代には紀の川を伝って木材を大坂に搬出する水運の拠点として栄え、また遥か昔には町外れに古墳が多く造られた場所でもある。現在も林業と観光が町の二大産業で、小さいながらもそれなりの活気を保っている。

　町は紀の川を挟んだ河岸段丘沿いに発達しており、川の北側はほとんどが農家と森だが、南側は駅を降りた一段目に商店や工場が、二段目に小振りな民家、三段目には大きめの一軒家と、高さと家格が比例するように建ち並んでいる。

　その段丘の一番高い場所に、ひときわ大きな木造の洋館が聳えていた。伯爵御殿と呼ばれる桜川家の邸宅である。桜川家は戦前は伯爵位を賜った由緒ある家柄で、代々この一帯の山林を領有していた。一説には南朝の末裔であるとも云われているが定かではない。終戦直後の一時期は経済的に苦境に立ったこともあったが、当主の桜川鷹亮の才覚で往時の勢いを取り戻すことに成功。現在は葛尾市の伯爵様であるだけでなく、吉野杉が産み出す財力で中央にも影響力を持つ存在になっていた。

その桜川家の二階のテラスでは、二十代半ばの細身の女性がウッドチェアに身をあずけ、ひとり対岸に聳える吉野富士を眺めていた。彫りが深く、切れ長の二重の目と赤みが強い唇が印象的な美貌の持ち主。名は豊郷皐月といい、鷹亮の外孫であり、桜川家には及ばないものの京都では名家で通っている豊郷本家の令嬢だった。

「退屈だわ」

軽くウェーヴがかかったショートボブの髪を掻き上げ、皐月は誰に云うともなく呟いていた。

屋敷に来て一週間。眼前に映える吉野富士と呼び慣わされる霊峰は三月に入っても雪を被り、

スマートな容姿に磨きを掛けている。皐月が愛する眺めの一つだ。だが、さすがに一週間も見続ければ飽きもしてくる。しかも幼い頃から毎年のように過ごしているのだ。

もともと皐月は、おとなしく箱入り娘に収まるよりも、好奇心を満たしてくれるものに貪欲な性分だったので、街を遠く離れた長閑な土地で、一人で静かに過ごすことを手持ち無沙汰に感じていた。

友人でもいれば、また話は別だっただろう。ただ今回は単なる保養ではなく、重要な頼みごとをされて訪れたので、安易に友人を連れて来られなかったのだ。ましてや退屈だからと帰るわけにもいかない。

頼み主は、この屋敷に住む鷹亮の直系の孫であり、年下の従姉妹にあたる桜川弥生。弥生とは年が近いせいもあり、姉妹のように親しく接している。弥生と遊んでいれば、屋敷での生活も楽しいものになっただろうが、そうもいかない。なぜなら遠目から見守ってほしいというのが、依頼の内容だったからだ。

「ほんと退屈だわ」

再び呟いたとき、皐月は近くに人の気配を感じた。見ると、テーブルの向かい側に昨日からの来客がいつの間にか腰掛けて、彼女を見つめていた。鷹亮が招いた、東京のさる名家の子息だ。

年は二十代後半、長身で色白の鼻筋が通ったすっきりした顔立ちをしている。夜遅くに到着したので、挨拶を交わしたくらいでほとんど会話をしていない。ただ運転手とメイド、そして大勢のボディーガードを引き連れた登場の仕方が、舞踏会に呼ばれたのかというくらい派手で、屋敷前のロータリーから玄関の階段まで赤絨毯でも敷きかねない勢いだったのはよく覚えている。

そのためか、物腰は柔らかいが、常盤洋服店のオーダーメイドでぴっしり固めた身なりと同様に、プライドもかなり高そうな印象を皐月は抱いていた。

皐月が退屈しているのを知って鷹亮が招いたのかもしれないが、内心自分とは合わないタイプだと皐月は感じていた。普段の皐月は、同じ名家でもむしろ変わり者と呼ばれる友人たちと好んで遊んでいた。

皐月と視線があうと、男は豊かに蓄えた口髭の下に柔らかい笑みを浮かべた。

「『三匹の子豚』という寓話をご存じですか？　元々の話では、藁の家と木の家に住んでいた子豚はレンガの家に逃げ込めず、二匹とも狼に食べられてしまったらしいですね」

巷に溢れている〝童話は本当は残酷な話でした〟系の本から聞き齧ったような話を、客人は突然してきた。皐月も昔に読んだことがある。

「たしかその狼もレンガの家の煙突から入り込もうとして煮えたぎった鍋の中に落ち、三番目の子豚に食べられてしまった、でしたわね。豚は雑食ですから」

今さらそんなことを得意気に話す様が滑稽で、皐月はそれと判るように眉根を寄せた。だが彼は平然とした表情で、

「よくご存じで。面白いのは、最後に弱肉強食のヒエラルキーがあっけなく逆転してしまうことですね。ある意味、食物連鎖がピラミッド状ではなく循環しているというか」

「諺でも〝窮鼠猫を噛む〟と云いますからね」

適当に相槌を打つと、男はまるで皐月の視線を誘導するように、眼下に広がる庭に視線を向けた。

芝生が綺麗に刈り込まれた庭では、和服姿の弥生を三人の男が囲んでいる。男たちは彼女の婿候補で、名前はそれぞれ水口佳史、高宮悟、尼子幸介といった。いずれも二十代後半で、そこそこ有名な会社社長の子息たちだ。痩せぎすで文化系タイプの水口、大柄なスポーツマンタイプの高宮、小柄でメガネをかけたオタクっぽい尼子、と皐月は適当に区別していた。

それでようやく皐月は男が『三匹の子豚』を持ち出した意図が解った気がした。

「あなたは彼らが哀れな子豚だと云いたいのですか？　まあ、それは構いませんが、弥生は決し

て狼などではありませんよ。誤解なさっているのかもしれませんが、とても優しい娘です」

従姉妹を侮辱されたと感じ、皐月は強く抗議する。

四年前に両親を飛行機事故で亡くした弥生は、今は祖父の鷹亮と二人でこの屋敷に住んでいる、桜川家の唯一の直系である。不幸は続くもので、鷹亮も昨年病に罹り車椅子での生活を余儀なくされていた。鷹亮は五人の子供をもうけたが、本妻が生んだ男は弥生の父だけ。桜川家としては一刻も早く新しい健康な後継者が必要になった。そのため鷹亮は三ヶ月前、弥生が二十になったのを機に、突然婿取りを宣言したのだ。そこで呼び集められたのがこの三人というわけである。

いわば餌に釣られた哀れな子豚、男はそう云いたいのだろう。

だが弥生は今時珍しい深窓の令嬢を地でいくタイプで、右目の泣きぼくろに象徴される儚げな顔立ちに、穏やかで控え目な性格で、どこに出しても恥ずかしくない皐月の自慢の従姉妹なのだ。弥生のようにお嬢様らしく振る舞う自分というものは想像もつかなかったが、それゆえ可愛がると同時に敬意も払っていた。

「いや、あなたの従姉妹を侮辱する気は、聊かもってありませんよ。狼は別の所に潜んでいるかもしれませんからね。しかしあの子豚どもには希に見る見苦しさを感じます。まるで砂糖に群がる蟻のようですね」

冷笑しながら、あっさり切って捨てた。

「余裕がなくて、みっともない。彼らのうち誰を選ぶのかは知らないが、誰が桜川家の当主になってもつき合いたくはないですね。どうして桜川老は孫の婿候補にこの三人を選んだんです？どう見ても育ちがいいとは思えない」

「あなたから見れば、たいていの人は育ちが良くないでしょうが……戦後の一時期、お祖父様が苦しかったときがあったんです。そのとき彼らの会社が援助をしてくれたようです。その縁というか……。みな成り上がりなので、贅沢は望めませんでしょう。でもあなたが仰るとおり、桜川宗家の当主が下品なのは私も感心しないです。いっそのこと、みんないなくなってくれないかしら」

つい皐月は本心を洩らした。皐月はいわゆる上流階級の作法が厭でむしろ異質な人間を好んでいたが、中でも成り上がりが形だけ真似たがるのを一番毛嫌いしていた。しかもあの三人の場合、不完全なメッキ細工で、地金が最初から透けて見えているのが輪を掛けていた。

「その言葉こそ感心しませんね。それはこの世から消えて欲しいということですか？」

片眉を僅かに上げ、言葉とは裏腹な朗らかな表情で男が云う。

「そういう物騒な意味ではございません。でも、このままでは弥生が可哀想で……あの人たちの中の誰かと結婚しなければいけないわけですから」

皐月自身も適齢期を迎え、見合いの話は色々と持ち込まれてくる。ただ、兄弟がいるため家を継ぐ必要もなく、親も無理に押しつけるタイプではなかったので、今のところ難を逃れている。しかし弥生は太い鉄柵に囲まれた籠の鳥で、決して逃れられない。

「桜川老の意志が固い以上、やはりそういう意味にしか受け取れませんね。ところで、私の趣味をご存じですか？　探偵なんです。貴族探偵と人は呼びますが。探偵の前で迂闊に消えて欲しいなどと云わないほうがいいですよ」

男は内ポケットから名刺を取りだし皐月に押しつける。見ると、中央に〝貴族探偵〟と金の箔押しで記されていた。名前はおろか、肩書きも住所も電話番号も何もない。子供がふざけて作ったかと見紛うような代物だった。

「探偵さん？　また変わった趣味をお持ちなんですね。それって面白いんですの？」

周囲によくいる退屈な人間とばかり思っていた皐月は、目の前の男に少し興味を惹かれた。皐月の友人の中には神と対話できる芸術家気質の男や、常に何かと闘っているつもりの女など変わり種も多いが、さすがに探偵はいない。

「ええ、面白いですよ。スリリングというか。素晴らしいご婦人と知り合えることもありましたし。もっとも今回は既にあなたというお美しい方とお近づきになれたので、事件などないほうがいいですが」

「殿方は女より趣味を優先すると聞いていましたが、あなたは違うんですね」

すると長身の探偵は大仰に肩を竦めると、

「趣味を優先することもありますよ。ただあなたの美貌の前では、私の道楽など塵芥に過ぎないということです」

「お上手ですわね」

「嘘ではありません。本当は桜川老に招待された手前、顔だけ出して昼には帰るつもりだったんです。でも、あなたを見て気が変わったくらいですから。桜川老はおそらくあなたの遊び相手として私を呼んだのではと思いますが、私ならあなたの退屈を紛らせることができるかもしれませんよ」

さすが探偵を趣味にしているだけあって察しがいいと、皐月は感心した。

「なら、あなたが弥生にアドヴァイスして相手を決めてやっていただけませんか。あの娘ひとりでは決めかねているようですし。探偵というなら、誰が一番優れているか見抜く眼力もお持ちなんでしょう？」

「これはまた難問を。見るからに、どんぐりの背比べですからね。……しかし弥生さんには三人以外に選ぶ権利がないわけですか」

「そのようね。お祖父様がそうお決めになったからには。弥生は優しい娘ですから、お祖父様の意向には逆らわないでしょう。それともあなたが立候補なさるおつもり？」

「まさか、あなたを前にして？　弥生さんも充分美しいですが、まるで太陽を前にした月のようですよ。私は太陽の力強い輝きを好みますね」

「陳腐な云い回しね。でも、まかり間違ってあなたが婿入りするなんてことになったら、みんな大騒ぎでしょうね」

皐月はその様を想像し、くすくすと笑った。それはそれで面白いかもしれないと。

「いやいや、もしあなたに婿に来てくれ、と頼まれたらお断りしませんよ。家や世間など放っておけばいいのです。それより私が心配なのは、婿取りが終わって脱落した蟻たちがあなたに矛先を向けないかということです。見たところ、彼らは飢えていますからね」

「それは大丈夫ですわ」一瞬、庭の婿候補たちに視線を向け皐月は答えた。「今の彼らの有様を見て、私がなびくと思いまして？」

男たちは椅子取りゲームで残った一つの椅子を争うように、俺が俺がと弥生にアピールしている。遠目からだとよく判る。

「確かに。安心しました。これで私もゆっくりとあなたを口説けるというものです」

本心かどうか皐月には判らなかった。ただ彼のようなタイプは、たとえ嘘や冗談でもとりあえず実行しそうに思えた。

「私のほうこそ、あなたが趣味の探偵で知り合った女性たちが今どうしているか心配です」

「みな満足していますよ。一度は喜びを共有した間柄です。不幸にすることは決してありません」

*何の衒いも後ろめたさもない、堂々とした表情だった。

「そのあたり巧そうですわね」

「そういう教育も受けていますからね。私のような人間には必要なものです。ところで日が陰り始めて寒くなってきたようなので、中に入りませんか？　それとも弥生さんをここで一日中監視しなければならないとか」

「そういうわけではないですが、私の姿が見えなくなると弥生が心細く思いますから。彼女は本当の箱入り娘で、たったひとりで殿方に囲まれることなんて慣れていませんの。彼女の心の負担を少しでも軽くしてやるのが、私が出来る唯一のことなんです」

「従姉妹思いなんですね。ではここで紅茶でも飲んで体を温めるほうがいいですかね。……田

*何の衒いもない……自分を実際以上によく見せかけようとすることをしていない。

中！」

探偵は右手を挙げ、メイドを呼んだ。桜川家のではなく彼が連れてきたメイドだ。すぐに、下ろしたてのような皺一つないメイド服を纏った女性がテラスに入ってくる。入り口でずっと待機していたのだろう。

「紅茶を二つ。あと菓子もだ」

「はい、御前さま」

年は二十歳そこそこ。小柄で利発そうな顔をしたメイドは、透き通るような声で返事をすると、白いカチューシャをつけた頭を下げ屋内に戻っていった。

「随分可愛いメイドでしたけど、彼女にはアプローチをされないんですか？」

このプレイボーイが主人なら、手を出していても訝しくない。鎌をかけるつもりで訊いたのだが、探偵は「ご冗談を」と一笑に付した。

「彼女は使用人、いわば私の道具です。私は優れた道具をこよなく愛しますが、それを恋愛感情とは云わないでしょう？」

「はっきりしていますのね」

「人を使うというのはそういうことだと習いましたからね。私は自分の使用人たちを信頼していますが、友人として扱う気はありません。そのほうが彼らのためでもあります」

それも一理あるかと皐月は納得した。

しばらくして、先ほどのメイドがマイセン*のティーカップに紅茶を注いだとき、庭では弥生を挟んで二人の男の小競り合いが起こっていた。高宮と水口だ。大柄な高宮が、水口に突っかかっている。高宮が両手で胸を押すと、貧弱な水口は芝に尻餅をついた。醜態を晒させられたためか、顔を真っ赤にして今度は水口が高宮に喰いかかっていく。「……俺が先に誘ったんだがな」「君が真似をしたんだろ」風に乗ってそんな台詞が断片的に聞こえてくる。隣では漁夫の利を得ようとしているのか、尼子がニヤニヤ笑っている。


*マイセン……ドイツの高級磁器ブランド。

諍いは弥生の仲裁ですぐに収まったが、ぴりぴりした空気が残ったのはこちらにも伝わってきた。縋るようにテラスを見上げる弥生と目が合ったが、皐月は何もしてやれない。あとで慰めてあげよう、と思うしかなかった。

「子豚同士の諍いですか。本当に見苦しい」

吐き捨てるように言って探偵は眉を顰めた。もし皐月が隣にいなければ、すぐにでもテラスから、いや屋敷から立ち去りかねない勢いだ。クールを気取っているが案外感情が表に出るタイプなのかも、と皐月は少しばかり興味を持って探偵を眺めた。

「私の顔に何か？」

「いえ。……そういえば先ほどあなたは狼は別にいるとおっしゃいましたが、探偵の勘とやらで何かを感じ取っているのですか？」

するとと探偵は突然真顔になり、

「そうですね。どうして一箇所に引き合わせて、わざわざライヴァル同士の感情がエスカレートする方法を採ったのかが気になりますね。候補を一堂に集めて競わせてもろくな結果をもたらさないのは、古来多くの書物が語っていますから」

「すると、狼はお祖父様だと？」

「そこまでは云いません。ただ、これは探偵の勘というよりは、男の勘というものですが。ああいう状況に、同じ男として危険なものを感じるんですよ。もはや彼らには桜川家や弥生さんよりも、プライドが壊されることのほうが問題になっているんじゃないかとね。彼らも、小さな井戸の中とはいえ、お山の大将として育てられてきたわけですから。引くに引けなくなってきている。先ほど砂糖に群がる蟻と云いましたが、既に蟻地獄に嵌り込んでしまっているようなものですかね」

「それなら私も感じます。私には女の勘がありますから」

鷹亮の真意は判らない。ただ皐月の胸に不安ばかり募ってくるのは確かだった。弥生が誰を選ぶにしても、最後はみな不幸になってしまうのではないかと。

「ところで、先ほどの三匹の子豚の話ですが、お祖父様にはしないほうがよろしいでしょうね」

「ほう、どうしてですか？」

意外そうに探偵は目を見開く。

「桜川家の財の多くは木材で成り立っています。木で造った家があっさり吹き飛ばされる話を、お祖父様が好むとは思えませんから」

「確かにそれは迂闊でした。肝に銘じておきますよ」

苦笑しながら探偵は小さく頭を下げた。

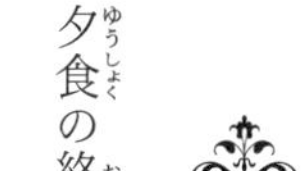

その夜。夕食の終わり頃、事件が一つ持ち上がった。鷹亮がデザートのミルク苺を口にしたあと、

「それで、弥生。誰を婿にするか決めたのか？」

皺だらけの顔で、そう尋ねかけてきたのだ。

何も当事者たちがいる前で訊くこともないだろうと、さすがに皐月は鼻白んだ。案の定、三人の婿候補たちは口へ運び掛けていたフォークの手を止め、弥生は顔を伏せる。

「いえ、まだです……みなさんいい方で」

下を向いたまま、か細い声で彼女は答えた。

「どれも決め手に欠けるというわけだな」

「……いえ、そんなことは」

三人にとっては侮辱に他ならないが、感情を殺し硬い表情で二人のやりとりを見つめている。

「この一週間、わしはずっと待っておったが、一向に進展する気配はないようだな……。わかった、三日だ。あと三日で弥生に結論を出してもらう」

ヴィクトリア調の広い食堂に鷹亮の嗄れた声が大きく響いた。鷹亮が独善的なことは皐月もよく承知していたが、この宣言は、あまりにも唐突だった。本来短気で気難し屋な老人も、こと弥生に関しては好々爺だった。だが、桜川家そのものに関わる問題でもあり、さすがに痺れを切らしたようだ。表情こそ穏やかだが、目は鷹のように鋭かった。

「お祖父様……」

「わしも元気な内に、お前の花嫁姿を見たいんでな」

自らを人質にした言葉に、弥生も頷くしかなかった。頬から生気が消えていくのが、皐月にも見てとれた。

「いっそ桜川老が決めてしまってもいいんじゃないですか？　桜川家を任すに足る人材を選ぶのは、あなたの方が相応しいと思いますがね」

緊張した空気の中、食後のワインを口にしながら、探偵が気楽な声で呟く。彼は招待客であると同時に、桜川家の後継問題とは無縁の一番気楽な立場だ。現に、暢気に空いたグラスのおかわりを給仕に要求している。

「いや、わしはあくまで弥生の意思を尊重したいんでな。意に染まぬ者を押しつけたくないんだよ」

そんな探偵に、鷹亮は丁寧に応対した。

「なるほど。しかしあと三日で、はたしてお優しい弥生さんに決めることが出来るでしょうか？一人を選ぶことは、あとの二人を切り捨てるということですし」

「桜川家の女にはその程度の決断力くらい無くては困るからな。弥生のことはすべて嫁に任せておったが、それが裏目に出たようだな」

「お母様を悪く云わないでください。お母様は素晴らしい人でした」

彼女にしては鋭い声で、弥生が云い返す。弥生でも祖父に反抗することがあるのだと、皐月はびっくりした。

だが鷹亮は「ははは」と気にした風もなく笑うと、「その調子だ。その調子で婿のほうもはっきりと選んでもらわんとな」

「納得しました。お孫さんに試練を与える覚悟がおありでしたか。それならば私が口を挟むことではありませんでした。失礼しました」

押し黙った弥生に代わり、探偵が再び口を開く。

「いや、できるならあなたに婿選びの証人になってほしいんだよ。あなたなら信頼できるからな」

鷹亮の言葉に、探偵はにこやかに頷く。どうしてそこまでこの探偵が信頼されているのか、皐月には理解できなかった。だが鷹亮は彼をかなり気に入っているようで、食事中、彼が話す本当か嘘かも判らない探偵談を聴いて子供のように喜んでいた。あまつさえ「わしも平穏な時代に生まれていれば、探偵をやってみたかった」などと嘆息していたくらいだ。

「じゃあ、わしは疲れたからこの辺で下がらせてもらう。弥生、三日後を楽しみにしておくよ」

メイドに車椅子を押されながら鷹亮は食堂を出ていった。

嵐のあとの静けさ。食堂は重苦しい空気に包まれ、カチャカチャと給仕が食器を片づける音だけが僅かに響いている。沈黙は更に口を重くさせ、心を深く沈ませる。それは弥生を実の妹のように想っている皐月とて例外ではない。ただ一人、探偵を除いては。

彼は間延びした気が抜けるような声で、

「さて、大変なことになりましたね。弥生さん、あなたも心を決めるしかないようですよ」

「あなた！　そんな追い打ちをかけるようなこと。弥生がどんなに苦しんでいるか解っているの？」

皐月が窘めるのも、どこ吹く風、

「桜川老はどうも本気みたいですからね。私も証人として頼まれた以上、見届けないわけにはいかなくなりました。とはいえ、本気を出さないとまずいのは、弥生さんではなく、選ばれる君たち三人のほうだろうがね。少なくとも君たちはいずれも、桜川老から凡庸な人間だと見られているようだし。君たちも知っているだろうが、桜川家の宗主が子豚では意味がないのだよ。むしろ狼になるくらいでないとね」

小馬鹿にしたように探偵は彼らを見る。だが、果たしてその意図が通じていたかは不明だ。『三匹の子豚』の喩えを持ち出しても、理解できるのは昼に聞いた皐月だけだろうから。

果たせるかな高宮が、殺意を含んだ目で睨みつけ立ち上がろうとした。庭でもそうだったが、高宮は短気で浅慮なところがある。だがさすがに感情を押し止めたのか、無言で着席する。客人に挑みかかったとなれば、弥生への印象が悪くなるのは当然。しかも相手は遥かに格上の人間なのだ。不条理な理屈だが、京都の窮屈な社交場に何度か出た皐月には痛いほどよく解る。

残りの二人も同様だった。尼子はメガネ越しに探偵を睨みつけ、水口は薄い唇の端を悔しげに噛んでいる。

「私に無駄なアピールをするより、弥生さんに向けて求愛したほうが建設的だと思うがね。君たちに残された時間はあと三日しかないのだから。察するに、君たちの尻を叩く役目を私は頼まれたようだ。正直男の尻など叩きたくないが、致し方ない」言葉と裏腹に、彼は嬉々とした口調で、

「君たちはみな凡庸な人間だが、そんな凡庸なライヴァルにさえ敗れたとしたら、同族からも負け犬として役立たずの烙印を押されるだろうね。大和男子なら、一生に一度は奮起して勝負を懸けなければならないときがあるということだよ。それが今このときだと気づかない人間なら、直ぐにこの家から立ち去った方がいい」

探偵の言葉に三人の顔が引き攣る。だが過激な発破をかけるまでもなく、明日からのアピール合戦が熾烈なものになるのは目に見えている。

大人しい弥生のことだ。性格や相性ではなく、一番強引な人間を指名することも充分ありうる。次期桜川家当主としてはお人好しで無能な人間より、少々強引な性格でないと務まらないのも確かだ。鷹亮もそのために敢えて宣言をしたのだろうが、あまりにも弥生に対して酷な要求だった。

ひりひりとした緊張感が漂う中、皐月は大きな溜息を吐いた。

2

夕食後、自室に戻り『迷路のなかで』を読んでみたが全く頭に入らず、心を落ち着かせるために*クラヴサンを弾いていた皐月だったが、それもすぐに止めてしまった。愛奏している『シテール島のカリヨン』が、いつもと違い鐘の音がどうも暴力的に響いてしまうのだ。

気分を変えるため、皐月は部屋を出てテラスへと向かった。夕方から突然降り始めた雪は止みつつあり、屋敷から洩れた明かりで庭が白く輝いていた。まるで真珠を敷き詰めたようだと皐月は見惚れてしまった。その向こうには葛尾市の夜景が美しく川沿いに広がっている。

外の景色はこんなに平和で魅力的なのに、家の中はまるで戦場のように心休まる暇もない。柵を捨ててこのまま外に飛び出して行けたら……悪魔の誘惑がちらと頭を過るが、残された弥生のことを考えすぐさま振り払った。この夜景よりも弥生の方が遥かに魅力的だからだ。

「どうかされたのですか、そんなところで」

聞き慣れた声に振り返ると、入り口に探偵が立っていた。脇には、見慣れない中年の男が控えている。五十くらいだろうか。燕尾服に蝶ネクタイの出立。

「あら、そちらの方は」


*クラヴサン……チェンバロのこと。

「執事の山本です。留守を任せていたのですが、忘れ物があったので届けてもらったんです。予定よりここに長居することになりましたから」

「初めまして。皐月様」

「あら、それは大変でしたね」

「いえ。お言葉ありがとうございます」

山本は恭しく頭を下げた。昼に会ったメイドもそうだったが、みな礼儀正しく所作は一流だった。本来それが当たり前のはずなのだが、昨今躾がなってない使用人が多いのも確かだ。この桜川家でも執事の愛知川はしっかりしているが、メイドや料理人には隙を見てサボろうとする者が

多い。

使用人は主の鏡。優れた使用人を何人も侍らせていることをみても、この探偵が単なるボンボンではないのが皐月にも解った。

「夜景をご覧になっていたのですか？」

「ええ。少し気分が優れなかったもので」

「とはいえ、こんな寒い中、外に出なくても。薄いガウン一枚では、気分だけでなく身体も壊してしまいますよ」

探偵は自分の上着を脱ぎ、皐月にかけようとする。皐月は厚意を素直に受け取った。

「この眺め、素晴らしいと思いません？　葛尾は都会から離れた退屈な町ですけど、これだけはずっと見ていても飽きませんわ。それに春が近いことを報せる、特有の透明感も。それを目だけではなく、肌でも感じるのが好きなんですの。季節の中に身を委ねている感じがして。……私は外に出たがる性格の人間で親からも呆れられていますが、季節の枠から出る気だけはおきないんです。むしろいつまでも四季を感じていたいんですの。弟は冬はオーストラリア、夏はカナダへと友人たちと忙しく遊び回っていますが、ああいう季節感のない生活はどうも性に合いません」

「これは耳が痛い。実は私も弟さんと同じで、季節感のない人間ですからね。先週もアデレード*

*アデレード……南オーストラリア州の州都。

でカンガルーとボクシングをしてきたばかりです。ただ、皐月さんの云われることは解りますし、心に染みました。これからは四季の声になるべく耳を傾けるようにしますよ」

きざったらしい台詞も、板についているせいか厭な気はしなかった。

「ところで、気分が優れないのは、やっぱり弥生さんの件ですか？」

「ええ。本当にお祖父様はどうなさるつもりなんでしょう？　弥生にあのような難題を押しつけて」

「心配ですか。はたして弥生さんがこの三日の間に相手を決めることが出来るか」

「弥生は一途な面も持ち合わせています。もし少しでも気に入った方がいたなら、あそこまで困った顔は見せなかったはずです」

「つまり、選びかねているというより、三人のうち誰も気に入らなかったと思うわけですね。まあ、見る限り三人とも単純というか、考えが浅いというか、頼りないというか。ゆくゆく桜川家の名を穢さないか心配な連中であることは確かですね」

あけすけな発言にどきりとしたが、心の中では皐月も同感だった。

「お祖父様も、紹介するならもっとちゃんとした方を連れてくればよかったんです。私の目から見ても、あの三人には桜川家を受け継ぐ器量が不足していると感じられるのに。お祖父様ならばなおさらそれがお判りになっているはずです。それとも病気のせいで老け込んでしまったのでしょうか？」

「足こそ不自由になりましたが、桜川老はこの程度のことで簡単に老いる人ではないですよ。昨日今日と話した感じでは、百まで矍鑠と生きかねないと思ったくらいです。下手をすれば私のほうが先に陵墓へ行きそうだ」

探偵は軽く冗談を飛ばしたあと、

「……婚約なんて桜川老の鶴の一声でいつでも解消できますからね。おそらくこの状況で弥生さんが自ら道を決めるということが重要なのです。老人の血を受け継いでいるのは、入婿ではなく弥生さんなのですから。当然、桜川家も、表には婿が出ても屋台骨は弥生さんが支え護らなければならないという考えなのでしょう。そして弥生さんは充分な資質を秘めているように見受けられます。弥生さんならこの難局を見事に乗り切れるのではないかと。桜川老も同じ考えだと思いますね」

「弥生がそんなに逞しい人間とは思えないですけど……。お祖父様もあなたも過剰に期待しすぎなのでは」

「実の姉のごとく接してきたあなたの目にはいつまでも頼りない妹のように映っているかもしれ

＊陵墓……皇族など身分の高い人を葬る場所のこと。

ませんが。例えば昼に庭で起こった諍いも、大事にならずに、案外あっさりと収まったでしょう。むしろ私から見れば、あなたの方が危なっかしい。理想と現実を片足ずつ跨いで、そのうち身体を引き裂かれてしまいそうな気がします」

「探偵のあなたからは、そう見えますか」

かつて誰からもそんな評を受けたことはない。リアリストで夢がないとはよく云われるが。心外であることが表情にも出てしまったのだろう。探偵は苦笑いすると、

「いえ、これも男の勘です。いくぶん願望が入っていることは否定しませんが。あなたの身動きが取れなくなる前に救いたいという……。ところで今の話は弥生さんにはしないでください。試されているのはあの三匹だけでなく、弥生さんもなのですから」

「解っています。私も弥生が好きですから。ただ、弥生に男兄弟がいればこのような試練を受ける必要もなかったんでしょうね」

この屋敷に来て何度目かの溜息を吐いたとき、背後で人が近づく気配がした。

「お姉さま、ここにいらっしゃったんですか。部屋に伺ってもいらっしゃらなかったので。下で、一緒にお茶でも飲みませんか」

か細い声で弥生が入り口から呼びかけた。風呂に入ったあとらしく、昼の和服ではなく夜着に

着替えていた。湯上がりだというのに、その顔は物憂げに沈んでいる。おそらく皐月に相談でもしたいのだろう。内容は皐月にも察しがついた。悩みに押し潰されそうな弥生の表情を見ていると、探偵や祖父が過信しているような気がしてならない。

「私も賛成ですね。いくら景色が良くても身体に障りますよ」

探偵の言葉で、皐月は彼がずっとシャツ一枚だったことに気がつき、慌てて上着を返した。

階段を降り、リヴィングへ向かおうとしたとき、執事の愛知川と出くわした。初老の、桜川家に三十年以上も仕えている信頼できる執事なのだが、それがいつもと違って落ち着きない様子で皐月のほうに向かってくる。

「どうしたんですか、そんなに慌てて」

いくぶん厳しい声で皐月が呼び止めた。先ほど探偵の執事に一流の所作を見せられた手前、少し恥ずかしくなり、声が大きくなった。当の山本もまだ影のように探偵の少し後をつき従っているのだ。

「皐月様、弥生様。それが……」

喉に物が詰まって巧く喋れないかのように、口調も狼狽えている。

「早く仰いなさいな」

「いましがた水口様から内線電話がありまして、尼子様が、その、殺されていると……。それに電話の途中で水口様の返事もなくなってしまって」

　愛知川がつっかえつっかえ説明したところによると、今から三分前に内線電話が鳴り、愛知川が受けたところ、「尼子が殺された！」と水口の慌てた声が聞こえてきたらしい。先ず落ち着くようになだめ詳しい事情を尋ねようとしたところ、

「尼子の部屋の前を通ったとき、ドアが少し開いていてちらっと中が見えたんだ。するとあいつが頭の左側を殴られて殺されていたんだ。何が何だか解らない、早く来てくれ！」

　一息にそう伝えたあと、「尼子が」と再び云いかけて突然言葉が途切れたらしい。回線が切れた形跡はなく、愛知川は一分近く呼びかけ続けたが、もはや何の反応も返ってこなかった。またその前後、他に声や物音は一切聞こえなかったらしい。事態が事態なので彼一人では判断できず、どうしようかとリヴィングを出たところで、皐月たちと出くわしたという。

「それで水口様の部屋へ様子を見に行くべきか、その前にまず鷹亮様に伝えるべきか、それとも警察に報せるべきか、どうしていいものか……」

　混乱を象徴するかのように、執事の語尾は力無く消えていく。

「そうね。まず、水口さんの部屋に行ってみましょう。お祖父様をわざわざ起こすのは、何が起

きたか確認したあとでもいいでしょう。性質の悪い冗談なのかもしれないし」

決断よく、皐月は指示した。すると「それなら私も行きましょう」と探偵が割って入る。「あなたがた二人では心配だ。山本、弥生さんを頼む。あ、その前に佐藤を呼んでくれ」

「御意にございます」

一礼したのち、山本は速やかに屋敷の奥へ消えていった。裏手にある使用人部屋へ向かったのだ。

「佐藤というのは？」

「私の運転手です。合気道の経験もあるので、ボディーガード代わりにも使っている者です。話だと、なにか物騒なことが起こったようですし、私ひとりでは、あなたを守れるかどうか百パーセント保証できませんから」

探偵が最悪の状況を考えているのは明らかだった。何者かが別邸に忍び込み、殺人を犯している……皐月もまた同様だった。

「本当ならあなたにはここに残ってもらいたいですが、それは無理なのでしょう」

「よくお解りですわね。私は正確にはこの家人ではありませんが、桜川家の一族として、客人を行かせて自分は残るという選択肢は持っていません」

胸を張り皐月は答えた。それに対して探偵は小さく微笑むだけ。

やがて山本に連れられ、二メートルはあると思われる厳つい身体つきをした短髪の運転手が現れた。慌てて制服に着替えたと思われるが、服に毫*も乱れはない。

佐藤も山本と同じように恭しく頭を下げる。

「佐藤。話は山本から聞いたと思うが、我々と一緒に来てくれ」

「解りました、御前」

低く通った声で佐藤は頷くと、

「この命に代えましても、皆様をお護りいたします」

普段なら大仰に思われる台詞だが、今は全く不自然とは感じなかった。

婿候補の三人は、滞在中、本邸から少し離れた別邸で寝泊まりしている。本邸に空き部屋がないわけではないのだが、鷹亮の判断で彼ら三人には別邸の一室がそれぞれあてがわれた。口にこそ出さなかったが、おそらく夜間に強引にことに及び既成事実を作ろうとする不届き者が現れるのを、鷹亮は警戒したのだろう。弥生の魅力もあるが、桜川家の惣領の地位はそれほどに魅力的なのだ。

＊毫も……極めて少ない。

弥生を山本に任せ、皐月たち四人は別邸へと向かった。別邸は本邸の脇口から庭を抜けること五十メートルほどの場所にある。雪は既に止んでいるが、別邸までの道には二、三センチほど積もっていた。空に月もなく真っ暗だが、屋敷と別邸の両方の照明で、雪に覆われた真っ白な径がはっきりと浮かび上がっている。

愛知川の説明によると、三階建ての別邸には客室が一フロア四部屋ずつ、都合十二部屋あるが、そのうち一階に尼子、二階に水口、三階に高宮の部屋がある。どれも十畳くらいの部屋の奥に八畳のベッドルームが繋がっている構造だが、三人の部屋をばらけさせたのは、ライヴァル関係にある彼らを同じ階にして些細なことで諍いになるのを避けたためだ。浴場は一階に一つだけしかないので、必然的に顔を合わせることになるが、三人で時間をとり決めて順に入っていたようだ。また部屋の調度や備品も、不公平感を抱かせないために、全く同じ物を揃えてあるという。

別邸まで辿り着くと、四人は慎重な足取りで中に入った。灰色の絨毯が敷かれた廊下に人影はない。物音一つもしない。愛知川が先導し、階段を上った二階の水口の部屋の前に立つ。

「水口様！　水口様！」

ノックをしながら愛知川が呼びかけたが、返事はない。愛知川が振り返ると同時に、探偵が運転手に合図をした。運転手は無言で前に進み出ると、ドアノブに手を掛ける。各部屋に鍵は設けられていないが、室内からならロックすることは出来る。だがロックはされておらず、ドアは厭な軋み音をたて奥に開いた。戦前に建てられた古めかしい建物なので、所々建てつけが悪い。

「水口様」

半分ほど開いたところで、佐藤が呼びかける。返事はない。タバコの臭いだけが廊下に漏れ出てくる。

「水口様」と再び呼びかけたあと、佐藤はドアを大きく開いた。

古風なシャンデリアが煌々と照る室内、ドアの裏側の電話台の脇に、水口が俯せに倒れていた。背中には細身のナイフが突き立てられている。白いシャツにうっすらと血が滲んでいた。

皐月が短い悲鳴を上げ思わず後ろに倒れかかる。探偵が咄嗟に支えなければ、そのまま後頭部から倒れていたかもしれない。

「息はありません」

真っ先に屈み込み、右手の脈を測っていた佐藤が静かに首を振った。ただの運転手とは思えない、俊敏な動きだった。

「最悪の事態が起こったようですね」

皐月の両肩を支えたまま、探偵が静かな声で云った。

「で、どうなんだ、佐藤」

「背中の肋骨の下辺りをひと突きです。他に外傷はありません。まだ身体が温かいことから考えて、殺されて間もない、おそらく愛知川さんへの電話の最中あたりだと思われます」

皐月は恐る恐る死体に目を遣った。水口はまだ生きているかのような血色のいい顔をしている。頬は瘦けているが、それは元からだ。風呂に入った後なのだろう、昼とは違う白いシャツを着ていた。

ドアの正面には窓があり、昼は吉野富士を見ることが出来る。窓の前には小さな机が、左手の壁には抽象画が掛けられ、下にサイドボードが据えつけられている。机の上にはアンティークの電気スタンドが、サイドボードの上には籠に入った果物、半透明のグラス、陶器の大きめの灰皿などが載っていた。水口は愛煙家だったので、灰皿は吸い殻で埋められている。毎日メイドが掃除していることを考えると、今日だけで一箱以上吸ったようだ。弥生の前では控えているので、その反動なのかもしれない。

右手にはドアがあり奥のベッドルームに繫がっている。電話機はその手前の角に、どちらのドアからも陰になる場所に備えられていた。白いプッシュ式の、ホテルにある物に似たタイプで、内線と外線を使い分けられるようになっている。受話器は宙にだらしなくぶら下がっていた。

「このナイフは……」

少し落ち着きを取り戻した愛知川が声をあげた。

「凶器に見覚えがあるのですか？」

運転手が静かに尋ねると、

「はい。部屋に常備されているものです。サイドボードに果物と一緒に……」

愛知川の視線に釣られるように、皐月もサイドボードに目を向けた。リンゴやブドウが盛られた籠の脇に、水口の背に刺さっているものと同じ果物ナイフが置かれていた。

「たしかどの部屋も同じ物を使っているんですよね。ということは、犯人は他の部屋にあったナイフを使ったというわけですか？」

「かもしれません。ただ果物とナイフは、お客様がいらっしゃる部屋にしか置いてございませんので……」

「つまり残る二人の部屋のどちらかから持ち出されたものということだね」

脇から探偵が口を挟む。認めるように愛知川は口籠もった。

「……しかし水口が殺されたということは、彼が目撃した尼子の死体というのも、どうも本当のようだね」

「その前に、御前」

運転手は「しばらくお待ち下さい」と言葉を残し、素早い身のこなしで、軋み音を立てドアを開けると、奥のベッドルームに入っていった。照明がつけられたあと、一分もしないうちに戻ってくると、

「ベッドルームには誰もいませんでした。……万が一ですが、犯人がまだ潜んでいる可能性もありましたので。お待たせして申し訳ありません」

「なに、当然の判断だ」

最初から解っていたとばかりに、探偵は重々しく頷いた。そして皐月の方に目を向ける。

「それでは、尼子の部屋へ行ってみましょうか。もちろん、ろくな結果ではないと思いますので敢えてとは云いませんが」

「一人で残される方がよほど恐ろしいですわ。それより警察に連絡しなくてもいいんですか」

「それはもう少し状況がはっきりしてからでもいいでしょう。本当に尼子が殺されていたなら、二度手間になるわけですし。皐月さん、一人で歩けますか？」

公言通り場数を踏んでいるのか、探偵の態度はさすがに落ち着いている。ただ、死体を前に混乱していた皐月だったが、先ほどから妙な感覚に囚われていた。探偵が何一つ動いていないのだ。

死体を調べたのも部屋を見て回ったのも全て運転手で、探偵はずっと皐月を支えていただけである。普段の皐月だったら本当に探偵なのか疑問に思っただろうが、今はそんな余裕はなかった。

ただ彼の言葉に「大丈夫です」と頷いたのみだった。

尼子は自室の中央で窓の方に頭を向けて、小柄な身体を俯せにして倒れていた。死体を発見した水口が慌てて閉めたのか、ドアは閉まっていた。違っていたのは背中にナイフがなく、頭から血を流していたことだ。流れた血はまだ色鮮やかで、老竹色の絨毯に染み込んでいる。
「息はありません。鈍器で側頭部を三度ほど殴られています。殺されたのは、水口様とそう違わない頃だと思われます」
先ほどと同様に、佐藤が手際よく検分し説明する。
「凶器は……」と佐藤は周囲を見回していたが、サイドボードの下の狭い空間に、緑褐色で金属製の棍棒状のものが転がっているのを発見した。五十センチほどの長さで、太く短い丸太に細い蔦が幾本も絡まったデザイン。

「それ、エントランスに飾ってあったものじゃ？」

二度目ということで、皐月の意識は先ほどよりよほどしっかりしていた。

それはある有名な芸術家から鷹亮に贈られたもので、女体を模したような台座の上に、目の前にあるのと同じような棒が三本くっついて並んで立てられていた。中央の棒だけ少し高く山の字に見えなくもない。タイトルはたしか『大和三山』と云ったはずだ。子供の頃、手にとってみて、絡まっている蔦がムカデに見えて思わず投げ捨ててしまったため、皐月はよく覚えていた。

「確かにそうです。武佐様から頂いたものに間違いありません」

ドア口に立ちつくしたまま、愛知川も頷いた。言葉は落ち着いているが、部屋の中に決して足を踏み入れようとしない。

「エントランス？　そういえばたしかに飾ってあった気がします。右端が一つ欠けている気がしたのですが、そういう意匠の作品かと思い看過ごしておりました……」

申し訳なさそうに佐藤は主に謝っている。だが、先ほどたった一度通り過ぎただけというのに、運転手の記憶力は大したものだ。

「気にするな。誰にもミスはある。次に活かせばいい」

鷹揚に探偵は答えたが、彼自身は気づいていたのかどうか、皐月には疑問だった。探偵は相変わらず皐月に付き添ってくれているが、自らは何ひとつ動いていない。

運転手は「はっ」と恐縮し、再び捜査に取りかかる。

「サイドボードにナイフが見あたりません。犯人はこのナイフを使って水口様を殺した可能性が高いですね」

サイドボードの上には同じように果物籠や灰皿が載っている。リンゴの数が少ないのは、尼子が食べたせいだ。ゴミ箱を見ると皮と芯が捨てられていた。尼子はタバコを吸わないので灰皿に吸い殻はなかったが、その代わり片方のレンズが罅割れたメガネが中に入っていた。縁が半透明の、いつも尼子が掛けていたメガネだ。

皐月が再び尼子の遺体に目を遣ると、彼は別のメガネを掛けていた。黒縁のメガネで、皐月はそのメガネを使っているところを見たことがなかった。

「あのメガネ……」

運転手も当然気づいていたらしい。それどころか皐月の心の内を読んだように、

「早計に過ぎますよ、皐月様。尼子様が掛けておられるメガネが彼のものではないと決まったわけではありませんから。スペアということもあり得ます」

「……そうですね」

皐月は口を噤んだ。そして探偵の方を見る。ところが探偵は別の物が気になっていたらしく、つつと灰皿の前まで近づくと、

「私の名刺を下に敷くとは、罰当たりな奴め」

それは昼に皐月が貰ったのと同じ、ふざけた名刺だった。夕食前に、弥生や尼子たちにも押しつけていた。みな逆らえずに、表向きは丁重に受け取っていたが。それがサイドボードの上に置かれ、文鎮代わりのように灰皿が載せられていた。探偵は、丁寧に扱わず、外に放り出してあることに憤慨しているようだった。

「もし必要ないのなら、正直に返せばいいものを」

片眉を上げながら探偵が回収しようとしたとき、

「御前。お怒りはお察ししますが、現場の物に触れるのはどうかお控えください」

「ああ、そうだったな」

探偵は素直に手を引っ込める。

この悲劇の最中、出来の悪いコントでも見せられた気分に皐月はなった。それは愛知川も同じだったようだ。どう反応して良いのか判らず、しばらく困惑の表情を浮かべていたが、やがて本来の職務を思い出したらしい。

「そうです。警察に連絡しなければ」

尼子の脇を通り受話器を持ち上げようとする。

「待って、その電話機は……」

慌てて皐月が制止する。馬鹿にしていたコントに今度は自分が参加する羽目になった。

「そうでした。では急いで本邸に戻って報せてきます」

「犯人がまだ庭を彷徨いている可能性もありますから、一人で行動するのは危険かと」

今度は佐藤が制止する。同時に愛知川の足がぴたと止まった。

「おいおい、無闇に他人を怖がらせるな」

探偵が注意したが、

「申し訳ありません。ですが御前。私は皆様の警護という任を負っている以上、万全を期する義務がございますので。本邸へ戻るならば、全員で行くほうが安全でございます」

「まあ、確かにそうだがな。ではここを調べ終わったら一度全員で本邸に戻るか」

「その前に高宮様にこの状況をお知らせしたほうがよろしいかと。先ほど来ましたとき、ここから邸内までの径には、雪の上に足跡は見られませんでした。もちろん他の場所から逃げ出した可能性が高いですが、まだこの別邸のどこかに潜んでいるおそれもあります。本邸に戻るのは高宮様も一緒のほうが」

「そうか、もう一人いたんだな」

結局、佐藤の提案通り、先に高宮の部屋へ行くことになった。佐藤を先頭に全員で階段を上る。

皐月は厭な予感がしていた。最悪の状況が待ちかまえているのではないかという予感だ。婿候補である水口と尼子の二人の命が奪われた。もしかすると残る高宮も同じように殺されているかもしれない。あるいは高宮が婿になりたいがために、愚かにも二人の命を奪ったという可能性もある。いずれにしても最悪なことに変わりはない。

子供の頃から、皐月は悪い予感に限ってはよく当たった。祖母の死、愛犬の死、そして弥生の両親の事故。いずれも前夜に違和感、いや強い胸騒ぎを覚えた。しかし今回ばかりは外れてほしい……そう願いながら、皐月は三階への階段を上った。

だがそんな皐月の思いは、高宮の部屋のドアが開けられたときあっさりと踏みにじられた。部屋に入ってすぐのところで、首に紐を巻きつけられた高宮が同じく俯せになって息絶えていたのだ。

三人目の犠牲者だった。

「高宮も殺されていたか。てっきり弥生さんを手に入れるために、血迷って二人を削除したのかと思ったんだが」

呆然と立ちつくす皐月の隣で、探偵が不謹慎な台詞を呟いている。もう咎める気にもなれなかった。

「背後から首を絞められたようです。愛知川さん、この紐に見覚えは？」

「一階の脱衣場で使われているものに似ていますが」

愛知川もようやく慣れてきたのか、すぐさま答える。

高宮は室内に入ろうとしたところを、ドアの陰に潜んでいた犯人に襲われたらしく、今までの被害者とは逆に、入り口側の壁に沿うように倒れていた。

皐月はその姿にどこか奇妙な違和感を覚えた。だが、それが何かは解らなかった。室内に漂う澱んだ空気のせいではっきりと焦点が定まらない。だが、何かが違うのは確かだ。

「どうされました？」

異変に気づいた運転手が尋ねてくる。皐月は正直に答えたが、さすがの運転手も、彫刻の時とは違い、その理由については思い当たらないらしい。

「もしかして、右手だけ閉じていることですか？」

そう云いながら右手を調べる。死体の左手は弛緩して開いていたが、右手の指は緩く握られて

いた。佐藤は直ぐに何か発見したらしく、

「掌の中にボタンが残っています。金メッキされた上着か何かのボタンのようです」

「ボタン、犯人のか？」

興味を惹かれた探偵が尋ねると、

「おそらく抵抗した際に摑んだのではないかと。皐月様、この状況で鋭い観察眼をお持ちですね」

佐藤の賞賛に皐月は曖昧に頷いたが、納得はいっていなかった。違和感の原因は他にあるように思えたからだ。

「一旦本邸に戻った方がいいでしょう」

ベッドルームも含め、あらかた調べ終えた佐藤が切り出す。異論のある者は誰もいなかった。

帰り際、別邸のエントランスに目を遣ると、彫刻の右端だけがぽっかりと欠けていた。

3

「本当にどうしてこんなことに。この家で殺人事件が起こるなんて」

別邸から戻るなり、皐月はソファーに身を埋め嘆いた。張りつめていた緊張の糸が切れ、一時も立っていられなかった。掌を見ると、小刻みに震えている。力を入れても止まらない。もちろん殺人現場を見たことなど初めてだ。退屈な日々に辟易していたのは事実だが、ここまで過剰な刺激を求めてはいなかった。

「結局、子豚が三匹とも食べられてしまったわけですね。これは予想外でした」

対照的に平然とした顔で探偵は、メイドが持ってきた紅茶を啜っている。彼の周りだけ、時間が事件前に戻ったかのように平穏だ。

「少し不謹慎ではありませんか！」

さすがに皐月も堪忍袋の緒を切らした。

「失礼しました。彼らにとっては不幸でしょうが、長い目で見れば桜川家のためにも、弥生さんのためにも良かったのではと思いましてね」

事件の報を聞いた弥生は貧血を起こし、自室のベッドで休んでいる。彼女にとっては意に染まない縁談だったが、候補者が三人とも殺されたのは、悲劇以外の何ものでもない。果たしてこの障害を弥生は乗り越えていけるだろうか。皐月はそれが心配だった。何せ両親の突然の死を三年かかってようやく克服したばかりなのだ。

「私には、こんな目に遭って、昔の弥生に戻ってくれるのか、そちらのほうが心配ですわ。御破算にするだけならもっと別の方法があったはずです。……もしかしてあなたが？」

「ご冗談を。私はいたって資性温良な人間ですから。それにもし私が手を下したとしても、こんな野蛮な方法は採らなかったでしょうね。彼らを人知れず抹消する術などいくらでも持っていますから」

むろん皐月も本気で口にしたわけではない。三人の死を深く悲しんでいるというより、ただ弥生と桜川家が心配だっただけだ。

自分の方が不謹慎だったかもしれない……皐月が小さく謝ると、

「いや、気になさらずに。しかし誰が彼らを殺したんでしょうね。二人なら、残った一人が犯人ということも考えられましたが、三人全員となると」

「あなたが云う狼の仕業じゃないんですか？　それが誰かは私には解りませんが」

この探偵はどこまで事件の真相を探り当てているのか、皐月は気になった。現場では万事運転手任せで、彼自身はほとんど働いていなかった。だが世の中には、安楽椅子探偵という、部下などに調査させて自分は推理するだけという探偵もいるらしい。もしかすると彼はそういうタイプなのかもしれない。

「そういえば、三人とも殺されたいま、弥生さんの結婚話はどうなってしまうんですか？」

「……さあ。そんなことさっきまで考えてもみませんでしたから。また候補者選びからやり直しではないのかしら」

「ということは、桜川老にはまだ候補者のあてが残っているかもしれないわけですね。するとこの状況で一番得をするのは、繰り上がり当選の第四の人物になりますね」

探偵のあまりな発言に、皐月は口を噤んだ。たしかに桜川家当主の地位なら、人を三人程度殺してでも手に入れたいと願う人間は多くいるだろう。

「それは発想が少し突飛すぎるのではないかしら」

「そうとも云い切れませんよ。私は多くの事件でもっと複雑で遠回りなケースを見てきましたから。まあ、桜川老が期限を切ってすぐというのが、ちょっと出来すぎというかタイミングが良すぎる気はしますけどね。むしろ桜川老としては、こんな状況で新たな候補者がすぐに見つかるかどうかを心配しているかもしれませんが」

「お祖父様は百歳まで生きるんじゃなくて？　とにかく桜川家にとっては大きな醜聞なのは間違いありません」

「まあ、そうでしょう。桜川家にとっても弥生さんにとっても。それに長引けば長引くほど根も葉もない尾鰭がつきますしね」

他人事なので、探偵は暢気なものだ。皐月はいらっと来た。しかし、たしかに彼の言葉通り、長引くほど弥生にとって辛いものとなる。そして社交界というのは、悪い噂が広まるスピードは尋常ではなく速い。

「……あなた、探偵がご趣味なんでしょう。ならばこの事件は調査しないんですか？」

「私ですか？」ぴくりと探偵が片眉を上げる。「確かに興味をそそられる事件ではありますが……。ご存じですか？　探偵というのは、依頼人がいないと事件に取り掛かれないものなんですよ。たとえ趣味であったとしてもね」

真しやかな言葉に皐月は思わず、

「ならば私からお願いします。あなたは素晴らしい才能をお持ちなんでしょう？　その才能を活かして、悪い噂が広まる前に解決していただけませんか？」

「そんな汚れ仕事は公僕たる警察に任せておけばいい……と云いたいところですが、私も彼らの能力の欠如を幾度となく目にしてきましたからね。皐月さんの頼みとあれば粉骨砕身、喜んでお引き受けいたしますよ」

探偵は満足そうに微笑み、紅茶を飲み干した。もしかして誘導されたのでは？　皐月が少しばかり後悔し始めたとき、屋敷の前に数台の車が駆けつける音が聞こえてきた。

「県警の市辺政史です」
年は四十前後だろうか。長身で角刈り姿。色黒の肌は艶やかだが、目尻にだけ多くの皺が刻まれている。ボディービルダーのような各所のくびれがはっきりした体つきが、安物のスーツの上からでも見てとれる。
かすれ気味の低い声で刑事はそう名乗ったあと、まるで外回りの営業マンのような腰の低い丁寧な対応で、お悔やみと労いの言葉を連ねた。ドラマの刑事というのはもっと高圧的だったので、ギャップに皐月は少し驚かされた。ただ、それには桜川家の威光がものを云っているのかもしれない。粗相がないよう上司から強く云い含められているのかも、と皐月は思い直した。

現に「豊郷皐月といいます」と、彼女が名乗ったとき、桜川家の人間ではないのかという失望が顔を過ったように見えた。

「あいにく祖父は病で臥せっておりますので、私が祖父に代わり応対させていただきます」

その言葉で刑事の顔が再び引き締まる。

「お孫さんでしたか。それで現場は……」

「こちらです」

手短に事情を説明し、愛知川を引き合わせる。その間も刑事は鑑識の連中にてきぱきと指図している。本性はどうあれ、手際はいいようだ。

「しかし桜川家ともなるとボディーガードもすごい人数ですね。素人は気づかないでしょうが、邸外の要所要所を押さえていて……。不審な人物を見かけなかったか、あとで彼らに尋ねてよろしいですかね」

「ええ」と皐月は曖昧に頷いた。

ボディーガードは桜川屋敷にも数人常駐しているが、屋敷の外は表門と裏門に一人ずついるだけだ。おそらく探偵が連れてきた護衛たちだろう。ここまでの道中だけかと思っていたが、外で不寝の番をしていたのには気づかなかった。

一応承諾を得るために探偵の方を向くと、先に刑事がそれに反応した。

「そちらの方は？　皐月さんのご主人ですか」

「いえ、私はまだ独身です。この方は当家の客人で……」

「心ある人は貴族探偵と呼ぶね」

一歩前に出て胸を張ると、探偵は自ら名乗った。ふざけた自己紹介に刑事は地黒の顔をきょとんとさせる。そして再び皐月に顔を向けると、

「探偵とは随分手回しが良いように思いますが？」

「何もこの事件のために来ていただいたのではありません。昨晩からお招きしている客人ですから」

「そういうことだ。どうして私がたかが殺人事件のためだけに、奈良の山奥くんだりまで来なければならないんだ」

「たかが、とはひどい云いようですな」

自分の仕事を馬鹿にされたと感じたのか、探偵の素性を知らない刑事は、敵意を剝き出しの目で探偵を睨みつけた。

素性を教えてあげた方がいいかも、と一瞬思ったが、しばらく放っておくことにした。この刑

事に好感を持てなかったのと、探偵が自ら名乗るまでは余計なことはしない方がいいと判断したからだった。

探偵は刑事の視線を軽くいなし肩を竦めると、

「ところで、この三人を捜査に加えたいんだがね」

いつの間にか、背後に探偵の使用人たちが控えていた。探偵の紹介を合図に、みな刑事の前で軽く会釈する。

「どういう意味ですか？　今何が起こっているか解っているんですか？」

怒気を含んだ声で言って、刑事は眉をつり上げた。

「いや、なにも君たち官憲を全く信用していないわけではないよ。ただね、私としてもこの皐月さんに探偵として頼まれた以上、手を拱いているわけにもいかないんだ。それが桜川家や令嬢の弥生さんのためでもあるわけだし」

「私からもお願いします。祖父もそれを望んでいますので」

あえて鷹亮の名を出した皐月の思惑は当たり、刑事は逡巡したのち「邪魔さえしないでくれるのなら」と、渋々頷いた。

探偵は機嫌をよくすると、使用人たちに向かって、

「そうだな。せっかく三つの殺人が起きたんだ。今回は趣向を変えて、一件ずつそれぞれに当たってもらおうか。その方が手っ取り早いし、皐月さんも、君たちのうち誰が最も優れているか知りたがっているからね。三人の婿選びならぬ三人の使用人選びだ。いいか、くれぐれも私に恥をかかせないようにな」

そんなことを云った記憶は皐月にはないが、問い質す余裕はなかった。

「御意のままに」と、三人が恭しく頭を下げる。当然だが、先ほど刑事に会釈した時とは頭の低さが二つほど違っていた。

「それで、あなたは行かないんですか」

使用人たちが不満顔の刑事と一緒に別邸に行くのを見送ったあと、振り返ると当の探偵はひと仕事終えたという表情で、ソファーに腰を下ろしていた。

「雑務は使用人たちに任せておけばいいんですよ」

「変わった探偵ですこと」

先ほど〝粉骨砕身〟と云ってなかったかと問い質したかったが、彼が現場にいるとまた刑事と一悶着起こりそうなので、ここにいるほうがベターかもと皐月は思い直した。

「探偵の使命は事件を解決することです。過程は問題ではありませんよ。それに彼らは優秀です。きっとあなたの役に立つ情報をもたらしてくれるでしょう」

「あの方たちの能力は少しも疑っておりませんわ」

先ほどの運転手の手際の良さを思い起こしながら、皐月は頷いた。むしろ疑問なのは……。

「それはよかった。彼らも光栄に感じることでしょう。あなたはゆっくりと休んでください。どうせ現場検証が終われば先ほどの刑事たちがハイエナのように喰らいついてくるんですから。……ただその前に紅茶をいただけませんか」

聞こえないように溜息を吐いたあと、皐月はメイドを呼び、新たに紅茶を淹れさせる。自らもひと口喉を潤し、ようやく人心地ついた気分になった。

4

事件の様相がはっきりしたのは二日後のことだった。それはまた意外な様相ではあったが……。

この二日間、皐月は被害者三人の遺族の応対に追われ、目が回る忙しさだった。本来桜川家の問題に皐月が出張る筋ではないのだが、弥生を矢面に立たせたくないため買って出たのだ。

ただそれは予想を遥かに超えて、ストレスが溜まるものだった。犯人が捕まっていないこともあり、遺族たちの疑いの目が皐月たち桜川家の関係者に向けられもした。そして家を代表しての発言が、いかにプレッシャーのかかるものであるか、改めて実感したのだ。豊郷家では両親や兄夫婦が公の対応をしているおかげで、自分が勝手気ままにやってこられたのを知り、彼らを尊敬したりもした。

そんな中、探偵だけは相変わらずのほほんとしていた。まるで殺人事件などなかったかのように。彼の使用人たちは探偵の世話と事件の調査をそつなくこなし、それは見事なものだった。しかし当の探偵は朝から紅茶を嗜むばかりで、一向に重い腰を上げる気配は見られなかった。それが神経を消耗し余裕のない皐月の癇に障り苛立たしくもあったが、同時にどこかほっとしたのも事実だった。全てが緊迫した非日常の中で、探偵がいつも座っているソファーだけが、ぽっかり空いたエアポケットのように和んだのだ。

探偵は約束を守って、二日間屋敷に逗留し続けている。気が向くと、皐月に執拗に喰い下がる性質の悪い遺族を一蹴してくれたりもした。もし彼がいなければ、精神的に参っていたかもしれない。それはかなりの割合で確かな気がした。

「捜査の進展具合はどうなんだね、山本。あの官憲から情報は得ているんだろ」

サンルームで紅茶を啜りながら、探偵は傍らの執事に問いかけた。一段落ついた皐月も、誘われて向かいに座っている。紅茶は探偵のメイドが淹れたものだが、同じ茶葉を使っている筈なのに、いつもと違い香りがまろやかになっていた。

「はい、御前。まず事件当時の状況ですが、解剖の結果、被害者は三人とも十時から十時三十分の間に殺害されたのは間違いないようです。また別邸の周辺には、犯人が逃走したと思われる足跡や痕跡は、何も残されていませんでした。雪上に残っていたのは、御前がたが往復された足跡だけだったそうです。雪が降り止んだのは十時十分頃とのことで、愛知川さんが水口様から電話を受けた十時二十分頃には既に雪は止んでいました。愛知川さんとともに待機していた給仕も、同様の証言をしています。また警察が別邸を捜査した際、邸内に隠れ潜んでいる人物は発見できませんでした」

データが全て頭の中に入っているのか、山本は直立姿勢のまますらすらと暗唱する。

「つまり……犯行後に犯人は別邸から抜け出せず、かつ別邸にも潜んでいなかった。つまり密室状況だったというわけか。入ることは出来ても、出るのは不可能だと。少しは面白くなってきたじゃないか」

「そのようです。御前もご承知のように、本邸と別邸は五十メートルほど離れていまして、別邸の周囲には芝の庭があるだけですので、痕跡を残さず、何かを伝って外へ逃げ出すということは無理かと存じます。その上、外塀で警護していた護衛らの証言によると、屋敷の外部から侵入及び逃走した者はありませんでした」

「内部の犯行だと云うんだね。最悪の結果だな」

探偵は肩を竦め皐月の方を見た。

「でも、訝しいじゃない。犯人はどうやって抜け出したの？　別邸から屋敷まで、空でも飛んで一気に飛び移ったとでもいうの？」

思わず皐月は口を挟んだ。内部犯と探偵は気軽に云うが、即ち弥生か鷹亮、あるいは皐月自身を犯人と云っているのに等しい。黙って聞き逃せる内容ではなかった。

「それが可能なら、見張りの目を掠めて屋敷の外に抜け出すことも可能だとおっしゃりたいわけですね」

「そこまでは云わないけど、足跡の件を解決しない限り、私たちの中の犯行だとか軽々に判断しない方がよろしいんじゃなくて」

「もっともな御意見です。しかし残念なことに、市辺刑事はそうは考えていない様子でした」

「つまりあの刑事は、既に私たち家族に疑いを絞っているということ」

「おそらくは」申し訳なさそうに執事は答えたあと、「もちろん皐月様がたの立場を考えて、直ぐに何かをするというわけではないでしょうが……」

「ばかばかしい。弥生があんな大それたことをするわけがないし、お祖父様だってあの身体でどうやって三人も殺せるというの？　冷静に考えれば解ることでしょ。それとも、もしかして警察は私を疑ってるの？」

　皐月は少々ヒステリックな声を上げた。

「まあまあ、答えはすぐに出るものじゃないですよ」と探偵がいつもと変わらない調子で宥める。

「今からそれを検討しようというわけですから。で、それぞれの状況は？　まさか刑事の報告を聞いて終わったわけではないだろう」

「では私から申し上げさせていただきます。私は水口様の事件を担当させていただきました」

そう名乗り出たのは運転手の佐藤だった。彼は巨体の背をピンと伸ばしながら、低い声で説明を始めた。

「水口様は背後から背骨のすぐ右横、肋骨の下の辺りを果物ナイフで刺されていました。刺傷はその一つだけで、他に外傷はありません。即死ではなかったようですが、致命傷であったのは間違いありません。またナイフは尼子様の部屋から持ち出されたものでしたが、ナイフの柄には尼子様の指紋だけが鮮明に残されていました」

「尼子さんの？」

皐月が驚いて問い返す。当初は探偵の捜査に関しては聴くだけで口出しする気はなかった。だが内部犯の線で警察が捜査を進めているとなると、そうそう黙ってもいられなかった。

「はい。小指を除く右手の四指の指紋が、ちょうどナイフを手にした時と一致する並びで検出されたそうです」

運転手は大きな頭で小さく頷いた。

「手袋を嵌めて刺したからじゃないの？」

「それではどうしても指紋が崩れてしまいます。しかし指紋は鮮明で、乱れはなかったようです」

「では、尼子さんが水口さんを刺したというの？　でも、それって訝しいんじゃない？　水口さんは尼子さんが殺されてるのを見て電話を掛けてきたわけでしょ」

「今の段階ではまだ何とも申せません。ただ状況は、尼子様が水口様を殺害したように見えると
いうことです」

「これは面白い。尼子が死んだふりをしていたのかもしれないな。それで他には？」

探偵が促すと、

「はい。水口様の額に小さな打ち痕が二つ残っていました。たんこぶと云われるものです。生前のものには間違いないのですが、いつついたかまでは不明だそうです。ただこの二つは同時についたものではなく、時間をおいてついたのは確かなようです」

「それ、当日の朝に出来たものじゃないかしら？」

皐月は朝食時の出来事を説明した。別邸の部屋のドアは古いだけでなく敷居が高いので、出るときに躓いて廊下に強か頭を打ったと、水口が照れ隠しにぼやいていたのだ。屋敷に逗留している間だけでも、彼はこの手の注意散漫な失敗をいくらか繰り返しており、いわゆるドジやおっちょこちょいと云われるタイプの人間だった。これが女なら容姿が伴えばドジっ娘とか一部でもてはやされたかもしれないが、陰気な相貌の水口では半人前扱いが関の山だ。

「ほう。たしかにそんなことを云っていたな。あまりに下らなくて、誰の発言かすら覚えていな

かったが」

咄嗟に手も突けないなんてどれだけ鈍い奴だと嘲っていたくせに……皐月は探偵を見た。だがすぐに、彼なら本当に忘れている可能性もあると思い直した。そもそも事件が起こるまで、三人を十把一絡で子豚呼ばわりし、個々の識別をしていなかった節がある。

「ありがとうございます。少なくとも一つは、朝についたもののようですね。これで一つ状況が進展しました」

運転手は皐月に微笑んだ。感謝されると悪い気はしない。

最後に電話機からぶら下がっていた受話器には水口本人の指紋だけ残っていたことを述べ、佐藤は退いた。

次いで白いカチューシャをつけたメイドの田中が明るい声で説明する。彼女は尼子の担当だった。

「尼子さまは右側頭部を正面から三度に亘り殴られて殺害されました。一撃目が不意を突き、また威力があったために、何も抵抗できず二度三度と殴られたと考えられます。そのため犯人は、向かって右、つまり凶器を左手に持っていた可能性が高いそうです」

「左利き……」皐月は記憶をたぐり寄せる。「確か高宮さんがそうだったのでは」

「はい。関係者の中で左利きは三人いました。一人は高宮さまで、あとの二人は桜川家の使用人です。ただ、使用人は二人ともアリバイが成立しています」

「ということは、高宮さんが尼子さんを」

「そこまではまだ……」

運転手と同様に、申し訳なさそうにメイドは言葉を濁す。

「話を続けます。凶器には誰の指紋も残されていませんでした。エントランスの彫刻には掃除をしたメイドの指紋が残っていたことから、犯人が全て拭い去ったと考えられます。ちなみにこの凶器は真鍮製で、台座から簡単に抜けるようになっていました」

「素手で摑んだため拭き取ったのかしら」

「おそらくそうではないかと」メイドは可愛い顔で頷き、「凶器には根本近くまで血痕が付着していたことから、拭ったのは犯行前だと考えられます」

「それであの趣味の悪いメガネの件はどうだったんだ」

窓から射し込む冬の陽光に眩しそうに目を瞬かせながら、探偵が先を促す。素早く山本がカーテンを適度に閉じる。

「はい。尼子さまが掛けていたメガネと陶器の灰皿に落ちていたメガネは、販売店に確認して、どちらもご本人のものと確認されました。黒縁の方はスペアだったようです。灰皿には割れたメガネの細かい破片が残っていました。また灰皿の方にも少し亀裂が走っていました。問題はメガネよりその灰皿で、尼子さまの指紋はなくメイドの指紋が検出されたのですが、もう一つ高宮さまの指紋も検出されました」

「高宮さんの？」

再び高宮の名前が出てきたことに皐月は驚いた。高宮も尼子と同様タバコを吸わないので、灰皿に触れる必要はないはずだが。

「はい。ただ、高宮さまの指紋はこの一つきりで、現場からは他に一切検出されませんでした」

「つまり高宮さんは部屋に入って、灰皿にだけ手を触れたということ？」

「理由は不明ですが、そういうことになります」

再び言葉を濁したメイドは、一礼をして話を終える。

最後に執事が再び前に出た。水口殺しの犯人が尼子で、尼子殺しの犯人が高宮の可能性が高い。

では高宮を殺したのは……皐月が混乱している中、彼の報告はさらに輪を掛けて混乱させた。

「高宮様は紐で背後から絞殺されていました。死因は窒息死で、首に残された索状痕が一筋しかなかったことから、犯人は背後から襲いかかり一気に絞め殺したと考えられます。高宮様はそのまま俯せに倒れましたが、遺体の右手にはボタンが握られていました。捜査の結果、それは水口様が昼に着ていたジャケットの右袖のボタンだと判明しました。問題のジャケットは水口様の部屋のクロゼットに掛かっていましたが、右袖のボタンだけがなくなっておりました」

「じゃあ、水口さんが高宮さんを？」

話がややこしすぎて、皐月には状況が即座に理解できなかった。水口殺しの犯人が尼子で、尼子殺しが高宮、そして高宮殺しが水口の仕業。互いに尻尾を絡ませ合う蛇のようにこんがらがってくる。

「そこまではまだ解りません。ただ夕食時には水口様のジャケットにボタンはついていたそうなので、取れたとしたらその後なのは確かだそうです。水口様は入浴されたらしいので、その隙に何者かが部屋から持ち出した可能性もないわけではありません」

そして、凶器の紐は愛知川の言葉通り、一階奥の脱衣場でタオルを纏めるのに使われていたものだったこと。高宮自身は入浴していないこと。室内からは高宮のものを除いては、メイドの指紋しか発見されなかったこと。このメイドは毎朝、朝食時に三人の部屋を掃除に来ているので、その時ついたものと考えられること。――それらが山本によって説明された。

「なるほどな。それで他には？」探偵が平然と促す。彼はこの状況が整理できているのだろうか、つい疑ってしまう。

「実はもう一つ奇妙なことがあります。高宮様の遺体が身につけていたのは、ご自身のものではなく、尼子様の上着とスラックスでした」

「ほう」探偵は感心したように声を上げた。「つまり高宮は尼子の服を着て水口のジャケットのボタンを握りしめて殺されていたというのか。忙しいことだ」

「その通りでございます。御前」

そこで皐月は、高宮の死体を前にしたとき覚えた違和感の正体にようやく気づいた。あれはサイズが合っていなかったのだ。長身の高宮が小柄な尼子の服を着ていたなら当然だ。

「でも」と皐月は思い出す。「高宮さんも似たような服を持っていたはずだわ。もしかして、高宮さんは脱衣場かどこかで間違えて尼子さんの服を着たのかも」

「皐月様。その可能性は極めて低いと思われます。一つはお三方とも入浴時は、時間を決め交代制で一人ずつ入っていました。二つ目は、殺されたとき尼子様は入浴後でしたが、高宮様はまだ入浴されておりませんでした。三つ目は、高宮様の方が大柄なので、袖を通せば自分の物ではないとすぐに判ることです」

「じゃあ、犯人が着替えさせたの？　どうして、そんなことを」

「それは今は申し上げかねます」

執事は神妙な表情で沈黙した。まだ答えが出ていないということだろう。

「水口様の部屋と同様に、室内からはメイドと被害者以外の指紋は発見できませんでした。みなライヴァルでしたので、互いの部屋への往来はなかったようです」

「まあ、当然だ。談合してどうにかなる問題でもないからな。しかしこれは面白い。尼子は高宮に撲殺され、その高宮は水口に絞殺され、最後に水口は尼子に刺し殺された。綺麗に纏まっているじゃないか。詰め将棋に*煙詰めというものがあるが、さしずめこれは煙殺人だな」

「そんなはずはないでしょう。水口さんは、尼子さんが殺されていると、愛知川に電話を掛けてきたんですから。少なくとも尼子さんに水口さんを殺せたはずはないわ」

探偵は詰め将棋に喩えたが、皐月にはまるでエッシャーの描いた階段のように思われた。いくら上っても四辺を堂々巡りするだけの有名な絵だ。それと同じで、たとえそれっぽく見えても、現実には存在しえないはずだ。

「確かにそうですね。これは失礼」

*煙詰め……盤上にあるたくさんの駒が次々と消えていき、最後は必要最小限の駒のみで詰め上がる詰め将棋のよび方。

ちょっと考えれば解ることだが、本当に探偵なのか再び疑問が沸き上がってくる。

「すると、そう見せかけたい誰かが仕組んだということかな」

「それも訝しな話ではなくて？　話に無理がありすぎて、誰もそう考えてくれないでしょうから。誰か一人があとの二人を殺したというふうに見せかけたほうが、まだ納得できるわ。……それに、密室の問題もあるのよ」

「たしかに。どうやって別邸から抜け出せたかが、まだ解明されていませんでしたね」

「少なくとも、尼子さんが殺されたあとに水口さんが殺されたのは間違いないでしょ。でもなぜ犯人は凶器を替えたの？　そのまま手にした彫刻を使えば良かったのでは」

「聡明ですね。私は聡明な女性に惹かれます」

「お世辞は結構よ。私が欲しいのは答えなの。早く弥生を安心させたいの」

感情が昂っていることに気づいた皐月は、大きく深呼吸して心を落ち着かせた。そして「こうは考えられないでしょうか」と自分の考えを披露した。

「犯人はまず尼子さんを殺害した。それを水口さんが発見し慌てて自分の部屋へ戻る。犯人は自分の姿を見られたと思い、口を塞ぐために水口さんを追いかける。しかし凶器はサイドボードの下に転がり込んでしまった。そこで目についた果物ナイフを手に取り、水口さんの部屋で殺す。

今度は騒ぎに気づいた高宮さんが三階から降りてきて、死体を発見し屈み込む。そこを背後からロープで絞めて殺害した。苦しさのあまり思わず、倒れている水口さんのジャケットのボタンを握り引きちぎってしまう。その後犯人は、高宮さんの死体を三階の部屋まで運んだ……とか」

「あなたは本当に素晴らしい人だ。一瞬でそんなところまで思いつけるとは」

手放しの賞賛に、皐月は呆れてしまった。

「しっかりして下さい。探偵はあなたなんでしょう？」

「そうでしたね。失礼。しかし探偵の任はきちんと果たしていますよ。もし私の言動を不安に感じられたのだとしたら、それは杞憂に過ぎないと断っておきます。私の頭脳は万人の信頼に足るものですよ」

探偵はなぜか余裕の表情を崩さない。

「しかし皐月様」

慇懃に口を挟んだのは執事だった。

「密室の謎はとりあえず置いておくとしても、いくつか疑問がございます。一つは愛知川さんが電話越しにいくら呼びかけても、何の音も聞こえなかったということです。もし高宮様が駆けつけそのあとで絞殺されたのなら、高宮様の声などが聞こえてきたと思われます。二つ目は、どうして高宮様の死体をわざわざ部屋まで運んだかということです。電話をしていたのは判るでしょうから、すぐに誰かやって来るのは予想できたはずです。死体を担いで三階まで行くという工作をするよりは、一刻も早く逃げ出した方が得策なはずです。三つ目は高宮様はどうして尼子様の服を着ていた、或いは着せられていたのか。そして四つ目に水口様はなぜジャケットを着ていなかったのかということです。しかもジャケットには血痕は付着しておりませんでした」

理路整然とした内容に、皐月は答えることが出来ず、押し黙るしかなかった。

「その四つが解れば、この不可思議な状況も、犯人も解るということ？」

「かもしれません」

山本が重々しく頷いたとき、入り口のドアが開き、鷹亮が現れた。

メイドに車椅子を押されて中に入ってきた鷹亮は、室内をぐるりと見回したあと、探偵のところで視線を止めた。

「捜査をされているとか。もう解決されたのですか？」

「いえ、解決はまだです。いま使用人たちから捜査状況を聞いたばかりですよ」

手短に執事が説明すると、車椅子上の鷹亮はふむと頷いたあと、

「つまりミステリで云うところの密室殺人なわけだ。三人が殺されただけでも厄介なのに。犯人も味なことをする」

表情に深刻さは見られない。むしろ皺の奥に隠された眼が輝いているように、皐月には見えた。

「しかし雪のせいで犯人が別邸に出入りできなかったのなら、それは即ち犯人はこの世界に存在しないということだな。警察にそう説明してお引き取りを願ったらどうだ。居もしない犯人を捜しても徒労に終わるだけだろう。昨日今日と外がうるさくて落ち着いて読書もできん」

「そんな屁理屈が通るわけないでしょう」

少々苛立ちながら皐月が窘める。

「まあ、いくら桜川老の力を以てしても無理でしょうね。よしんば成功したとしても、弥生さんが納得しないでしょうし」

皐月とは対照的に、拍子抜けするほどの平静さで探偵が口を挟んだ。

「確かにそうだな。警察に雅趣があったことなどこれまで一度たりともなかった。で、あなたの考えは？」

「まだありませんね。彼ら三人が殺されたのはともかく、桜川老が先ほど云ったように、犯人がどうやって抜け出せたのか、その辺が非常に興味深いですが」

「わしもそう思うよ。雪は偶々降って、偶々止んだのだろうから、犯人は予め計画に組み込むわけにはいかない。となると、犯行を終え逃げ出す段になって慌てて考えたのだろうが、瞬時に警察のみならずあなたまで悩ませるトリックを弄したとなれば、どれほど頭のいい機転が利く奴なんだろうと思わざるをえない。むしろ弥生の婿になって後継者になってほしいくらいだ」

鷹亮は豪快に笑い声を上げたあと、

「まあしかし、この場にあなたがいて助かったよ。不幸中の幸いというやつだな。前も話したが、わしは探偵というものに興味があってな。体験談を聴けるだけではなく、目の前でそれを体験できるとは。長生きはするものだな」

まるで他人事のように話すその様は、今さらながら皐月を呆れさせた。事後の応対でどれほど皐月が苦労したか、なにより弥生がどれだけ苦しんでいるか、全く解っていない。

「お祖父様。お祖父様がお決めになったことなので今まで黙っていましたが、こういう事件があった以上はっきり伺います。本当に弥生にあの三人の中から婿を選ばせるつもりだったのですか？」

皐月は車椅子につめ寄った。老人は片眉をぴくと上げ、「あたりまえだ」と頷いた。

「でも私の目から見てもあの三人は……。正直、お祖父様のお心が解りません」

「なに、皐月には解らなくとも、弥生は理解しているよ。わしらにとって信用というものは皐月が考えている以上に大事でな、簡単には反故に出来ないんだよ。それを弥生にも知ってもらわなければな。弥生なら応えてくれると信じていたんだよ。結果的にはこのようなことになってしまったがな」

言葉とは裏腹に何処かさばさばした気配を鷹亮は漂わせていた。

「もしかして、また新たな候補を呼ぶのですか」

さきほど犯人を婿にと冗談めかして口にしていたことを皐月は思い出した。

「そのうちにな。さすがに周りが落ち着くまでは無理はせん。それにこんどは弥生も気に入るようなやつを選ぶつもりだ。三人まとめて呼んでもろくなことにならんかったからな」

最初からそうすればいいのに。皐月は心の中で舌打ちする。

「もしかして……その候補というのは既に決まっているのですか？」

「ん？　まあ、決めていなくはないが……あの三人よりは見所があるかもな。まさか皐月はそいつがあの三人を殺したとでも考えているのかね」

「そういうわけでは……」

「はは、考えすぎだ」鷹亮はにやりと老獪な笑みを浮かべると、「しかしそんなことまで考えていたとは、皐月も実は探偵趣味があったのか。行き当たりばったりなだけの無趣味な人間だと思っておったが意外だったな。面白い」

「お祖父様！」

「冗談だ。いずれにしても弥生は誰も選ばんとわしは睨んでおったし、不都合は何もない」

真顔に戻り不穏な言葉を吐く。お膳立てしてせっついたのは鷹亮自身ではないか。

「どういう意味です？」

皐月が問いかけたとき、

「そろそろ薬の時間だな。どうもおしゃべりが過ぎたようだ。それじゃあ、貴族探偵の活躍を期待しておりますよ」

軽く右手を挙げメイドに合図をした鷹亮は、逃げるように部屋を出ていった。

「お祖父様！」

皐月が呼びかけたが、返事はなかった。


「市辺様がお見えになりました」

ノックの音とともにドアが開く。見ると愛知川の直ぐ後ろに市辺が立っていた。その顔は少々疲れ気味だった。

「報告の方は聞いていただけましたか」

「ええ、先ほど彼らから伺いました。わざわざありがとうございます」

探偵に代わって皐月が礼を述べた。

「礼儀正しい者たちで安心しましたよ。主が主なので、どんな連中かと最初は不安だったんですがね」

「それは私のことかい？」

わざとらしく音を立てティーカップを置き、探偵が声を上げる。気づいていなかったのか、角刈りの刑事はびっくりしたように目を剥いた。すぐに、いえ、と口籠もる。

「まあ、いい。君は自分の職務を忠実に遂行しているようだからね。聞かなかったことにしてあげるよ」

「…………」

刑事は無言のまま皐月に顔を戻すと、仕切り直しをするかのように、

「状況はご理解いただけたと思います。それで、今回はあなたがたが当時どうしていたかを、改

めて伺いにきました。この前の話では被害者の三人はみな八時前に別邸に戻ったとか。なので一応、八時から遺体を発見された十時半まで、どこで何をしていたのかを教えてもらえないでしょうか。できるなら弥生さんや鷹亮さんにも伺いたいのですが」

慇懃な態度ではあったが、有無を云わさぬ口調で刑事は迫ってくる。皐月は渋々了承すると、先ず自らのアリバイを申し立てた。

「私は彼らが戻ったあとも九時半まで弥生と話していて、自分の部屋に戻りました。気分が優れなかったので十時過ぎにテラスに出て夜景を見ていましたが、そこでこの探偵さんに声を掛けられ、しばらく話した後で一階に降りていきました。ああその直前に弥生と会いました。一階に降りたところで慌てている執事の愛知川と会ったのです」

「つまり、十時過ぎまでは部屋に一人でおいでになったんですね」

「そうなりますね。証明する人はいません」

「それで、弥生さんがあなたがたと合流したのは下へ降りるどのくらい前ですか？」

「すぐでしたわ。会ってすぐ弥生にお茶を飲みましょうと誘われたので」

「なるほど」と刑事は頷き、それ以上の突っ込んだ質問はしなかった。次いで愛知川に質問の矛先を向ける。

思い出しながらゆえか、愛知川はゆっくりと時折言葉が詰まり気味になりながら、当夜の状況を語りだした。用務室で九時から待機していたこと。十時二十分に水口から電話を受けたこと。慌てて廊下へ出ると皐月たちと出くわしたこと。そのまま一緒に別邸に向かったこと。

「電話は本当に水口さんからだったんですか。そして水口さんの部屋の内線電話からだったんですか？」

愛知川が説明を終えたあと、刑事は念を押すように尋ねた。思うところがあるらしい。彼は不安げな表情で、

「水口様からなのは間違いないと……思います。ただ、内線電話だったのは確かですが、どこの電話から掛けたかまでは判りかねます」

「つまり、この屋敷の中から掛けていた可能性もある訳ですね」

「失礼ですが、それだと水口さんは本邸で殺されたあと別邸に運ばれたと云いたいのですか。それは単に別邸から抜け出すより、遥かに難しいのではないでしょうか」

慌てて皐月が割って入ると、

「だから、水口さんの声を真似た可能性があるでしょう。彼は間違いないと云っているが、ほんの一週間前に知ったばかりだから、先に名前を名乗れば、案外信じるものなんですよ。電話の音

域など知れてますからね。世の中で、どれだけオレオレ詐欺が起きたと思っています。それに最近は優秀な変声器も出回ってますからね。女が男の声に似せるのもわけはない」

最後の言葉に皐月は引っかかりを覚えた。悪い予感が胸の奥から沸き上がる。そんな思いをよそに刑事は話を続けた。

「ですから、愛知川さんが電話を受けたとき、他の二人はおろか水口さんも既に殺されていた可能性も考えるべきだと私は思いますね。そしてここから電話を掛けアリバイ創りをした。運悪く雪が降り止んだために、現場が不可解な状況に置かれてしまったと」

この男は弥生を疑っている……皐月は直感した。もし愛知川への電話がアリバイ工作だとすれば、それで得をするのは、唯一弥生しかいないからだ。その時間弥生は独りで入浴していた。皐月と探偵はその前から一緒にいたし、鷹亮はずっと自室にいて電話の有無に拘わらずアリバイがないが、そもそも鷹亮は車椅子がないと移動すら出来ないのだ。一階の尼子はともかく、二階や三階まで上って殺人を犯すことなど不可能だ。そして雪が降り止む十時十分までに本邸に戻ってくれば、密室状況も存在しなくなる。

「君はこの屋敷の中から犯人が出て欲しいようだね」

ずっと他人事のように黙っていた探偵が、ティーカップをテーブルに置いて指摘する。だが刑事は堂々と首を横に振ると、とぼけた表情を見せた。

「もちろん私は双方の可能性を考えていますよ。ただあなたの護衛の証言を信用すると、屋敷の中にいるという可能性が高くなります。たとえ別邸から抜け出せても、屋敷外は不可能です。また水口さんの背中の刺された位置を考えると、彼が他の二人を殺したあと自殺したとも考えられない。ましてやあとの二人の殺され方は、到底自殺ではありえない。犯人は他にいるわけです。それをご理解下さい」

「なるほど、外堀の埋め方は達者なものだ。無駄に経験を重ねていないわけだな」

「それは褒め言葉と取っておくことにします。なににせよ、犯人がどうやって別邸から抜け出したのか、私はそれが事件の最大の鍵だと思っていますから。そこを開くことができれば自ずから犯人も解るかと」

「確かに、それは一理あるな」

「それで次は弥生さんに話を伺いたいのですが、よろしいですか」

「弥生様は御気分が優れないので、部屋に来ていただけないかと仰っています」

弥生を呼びに遣らせたメイドが、機を見て伝える。

「解りました。こちらから伺うことにしましょう。よろしいですね、皐月さん」

皐月に再度確認を取る。皐月は頷くしかなかった。刑事はよほどの自信があるのか、態度も強気だ。警察相手に変にかばい立てしても、波風を立てるだけだ。弥生も望んでいないだろう。

「ありがとうございます。それでは案内していただけますか」

「私も同行してよろしいでしょうか？」

「それは構いません。あくまで私が弥生さんに事情をお伺いするのをお忘れでなければ」

脇から余計な助言はするな、ということだ。だが刑事に理があるので、皐月は認めざるを得なかった。

「その前に公僕どの」呼び止めたのは執事の山本だった。「一つだけ伺いたいのですが、高宮様の部屋の灰皿から誰かの指紋は発見されましたでしょうか？」

「灰皿？　指紋？」刑事は首を捻ったのち、「いや、誰の指紋も検出されなかったはずだ。それがどうかしたのか」

「いえ。なければ、それで結構です。お手間を取らせました」

意味ありげな台詞を口にして、執事は後ろへと下がる。刑事は訝しげに執事を見たが、弥生への聴取の方が大事と見えて、すぐに愛知川に部屋へ案内するように云った。

「どうしましょう。あの刑事、弥生を疑っているみたい。弥生のところへ行かせたのは間違いだったかしら」

気が気ではなく、階段の途中で皐月は縋るように探偵に目を向けた。幸い、この腰の重い探偵も一緒についてきてくれている。

「まあ、弥生さんにも動機はありますからね。彼の能力はまだ未知数だが、いるだけで心強く思えた。

も云っていたじゃないですか。みんないなくなればいいのにと」

彼らの誰も気に入ってなかったという。皐月さん

「ちょっと、あなたまで弥生を犯人にしたいの？」

味方に背後から斬りつけられた気分だ。

「まさか。私は女性の味方ですから。疲れているのは解りますが、猜疑心に陥りすぎですよ」

微笑を崩さず、やんわりと探偵は否定する。

「ごめんなさい」

皐月は恥ずかしさで顔を赤らめた。

「……でもあの無神経な刑事なら弥生を問い詰めることもやりかねないわ。ただでさえ、早く選ばなかった自分が悪いと、見当違いに自分を責めているというのに。今あの刑事に強引に迫られたらどうなってしまうことか。贖罪の意識から、やってもいない殺人を自白してしまうかもしれ

ないわ。それに」

皐月は思わず口を噤んだ。

「どうしたのです？」

「いえ、何でもありません」

皐月は強く否定した。市辺は殺害後に本邸から偽装の電話を掛けたと考えている。たしかに密室状況から抜け出すにはそれしかないのかもしれない。だが、皐月はもう一人、盲点になっている人物が居ることに気づいたのだ。電話を掛けることによって、その後死体を発見されるまでの僅かな時間に簡単に別邸から逃げ出せないと考えられている人物。

もし鷹亮の足が一人で歩けるほどに快復していたとしたら……。

アリバイがない鷹亮が容疑から外れている理由は、車椅子がないと移動できないという一点のみだ。それに鷹亮は三人の死を惜しむ様子はなかった。むしろ彼らとは違う見所があるらしい四人目を準備していたくらいなのだ。柵のせいで婿候補にしなければならない三人。だが跡を継がせるには力不足。三人が居なくなれば気兼ねなく四人目を弥生に紹介できる。鷹亮がわざわざ三人を別邸に集めたのは、最初から殺すつもりだったためだとしたら。

ただそれをこの場で口にすることは出来なかった。弥生への矛先が鷹亮に向かったところで、皐月にとっては状況は何ら変わらない。

「……解りました」

皐月の戸惑いを読みとったのか、探偵はいつになく強い口調になると背後に控えている使用人たちに目配せした。以心伝心で三人の使用人は深く頭を下げる。

「皐月さん。事件はこの貴族探偵が解決しましたよ。安心してください」

「解決って本当に？」

あまりに突然の言葉に、思わず問い返す。

「本当ですよ。私は嘘は云いません。大船に乗った気持ちでいてください。無事弥生さんを救ってみせますよ」

その表情、態度に嘘偽りがあるとは感じられなかった。

もしかするとこの男は本当に素晴らしい探偵なのかもしれない……皐月は期待の眼差しで探偵を見つめた。

5

「冗談ではないでしょうね？」

室内を照らす柔らかい間接光の下、市辺は訝しげに探偵に念を押す。弥生への事情聴取の邪魔をされ、少し苛立っているようだ。言葉の端々が乱暴だった。

「私は下らない冗談は口にしない人間だ。それとも君は事件の全てを解決できたとでも云うのかね」

「全てとは云い切れませんが、おおよその目星は……」

「それなら先ず私の話を聞いたらどうだい。私は全ての謎を解決したんだよ。一点の曇りもなく」

弥生の名前を出させないためだろう。刑事に最後まで云わせず、探偵は言葉を重ねた。当の弥生はベッドの端に腰をかけ、生気のない顔で二人のやりとりをぼんやりと見つめている。

皐月は気が気ではなかった。ここまで豪語するからには、よほどの確信があるに違いない。しかし探偵が事件の詳細を使用人たちから聞いたのはつい先ほどのことで、それまでは捜査している素振りすらなかったのだ。

その時、メイドに車椅子を押されて鷹亮が弥生の部屋に入ってきた。薬を飲むと云って引き籠もったのに、事情を聞いて慌ててやってきたようだ。

「面白いじゃないか。事件が解明できたというのなら、聴いてみてはどうかね。こんな厄介な事件は早く収まってもらわんとな。それともこの方に事件を解決されると、君に何かまずいことでもあるのかね」

皺だらけの顔を綻ばせる鷹亮。皐月はそんな祖父の姿を複雑な思いで見つめた。

当主に云われては、刑事も強くは出られないようで、口にしかけた言葉を呑み込むと、

「そんなことはありません……解りました。とりあえず話を聞いてみることにします」

「とりあえずとは、一官憲にしては横柄な態度だな。……まあいい。それでは事件を解決するか」

得意気な表情で探偵が一歩前に出る。てっきりそのまま謎解きが始まるのかと皐月は思ったのだが、彼は自分の使用人たちに顔を向けると、

「では、誰から始めようか……そうだな、山本、お前からだ」

「解りました、御前」

戸口に控えていた執事の山本がつつと前に進み出る。

「あなたが解決するんじゃないの？」

思わず皐月が口を挟んだ。

「どうして私がそんな面倒なことを。前にも話しませんでしたか？　雑務は使用人たちに任せておけばいいと。皐月さんも名家の出ですから、ご承知だとばかり思っていましたが」

本気でがっかりした表情を探偵は見せた。

「ははは。それはもっともなことですな。さすが貴族探偵を名乗られるだけのことはあります。これなら解決も期待できそうだ」

座興を楽しむかのように、鷹亮が一人だけ満足そうに頷いている。

「よろしいですか？　では僭越ながら私めが最初に披露させていただきます」

燕尾服の執事は一礼したのち、

「私が仰せつかったのは、高宮悟様が殺害された事件でした。高宮様はご自分の部屋で絞殺されていました。ドアの近くで倒れていたところを見ますと、おそらく犯人が室内で待ち伏せしていたと思われます。そして部屋に入ったところを背後から襲いかかられ、首を絞められたと。凶器の紐は一階の脱衣場にあったもので、誰でも手に入れることが出来、犯人に繋がる手掛かりにはなりませんでした」

刑事ではなく、むしろ主や鷹亮に話しているようで、説明が丁寧だ。

「ただ、高宮様の右手にはボタンが握られていました。それは水口様のジャケットのボタンで、クロゼットに掛かっていたジャケットの右袖からは、ボタンが一つなくなっていました。そのため一見、水口様が犯人のように見えますが、これは偽装工作だと考えられます」

「どうして、そう思うんだ？　私もおそらく偽装だと思っているが、明確な論拠でもあるのか？」

挑発するように刑事が尋ねた。

「理由は簡単です。高宮様は背後から紐で首を絞められていました。隙を見つけたらすぐに突こうとばかりに、目つきが鋭い。

ら両手で紐を首に掛ける際左右の腕が交叉します。つまり高宮様の右肩の後ろには犯人の左手があったはずで、もし高宮様が抵抗してボタンを右手でもぎ取ったのなら、左袖のボタンでなければなりません」

「頸動脈を圧迫して落ちた状態になってから、絞めやすいように手を左右逆にして握り直したかもしれないが」

「それだと気を失っているわけですから、ボタンをもぎ取るのは不可能でしょう。また首に紐の痕が一筋しか残っていなかったことから、犯人はロープを持ち替えなかったと思われます。もし持ち替えたのなら緩みが出て紐の痕は二重になるでしょう」

なるほど、と市辺は渋々認めた。

「犯人は殺害後に盗んだボタンを握らせて、水口に罪を着せようとしたわけだな」

「そう考えられます。おそらく水口様の入浴中に部屋に忍び込みボタンを盗み出したのでしょう。とすると誰がそれを行ったかですが……」

「誰なんだ」

執事は一つ咳払いをすると、「尼子様です」と答えた。まるで受け取った電話の相手を告げる様な何気なさで。

「尼子が犯人だと！　冗談は止めてくれ。誰かを庇うために、適当に云ってるんじゃないだろうな」

「まさか」執事は落ち着き払ったまま、「残された証拠が、犯人が尼子様であることを物語っています」

「ほう」と刑事は口許を歪めた。山本からの挑発と取ったのか「ではその証拠とやらを聞かせてもらおうか」ますます喧嘩腰で声を荒らげる。

「尼子様の部屋の灰皿には、罅割れたメガネが置かれていました。灰皿の上に落として割れてしまったのでそのまま放置していたようにも見えますが、不思議なことにその灰皿には、清掃係のメイドを除けば、高宮様の指紋だけが残されていました。尼子様の指紋がなかったのです。もちろん尼子様はタバコをお吸いになりませんから、灰皿に指紋が残っていなくてもなんら訝しくはありません。問題なのは、その灰皿が御前の名刺の上に載せられていたことです。つまり灰皿は全く触れられなかったわけではなく、御前が名刺をお渡しになった当日の夕食以降に移動されていたわけです。メイドは朝に掃除をしますからもちろんメイドの仕業ではありません。となると、なぜ灰皿に尼子様の指紋が残っていないのかが重要になります。一つは高宮様が尼子様の部屋に入り灰皿を動かしたということが考えられますが、お二人の状況を見ますと親しく部屋を訪れる関係とは考えにくいですし、またそれならば、部屋の他の場所にも高宮様の指紋が残っていなければならないはずです。ところが室内で高宮様の指紋が残っていたのは灰皿だけでした」

「高宮がよからぬ目的で、手袋を嵌めて侵入したとは考えられないのか？」

「手袋を嵌めていれば、灰皿にも指紋がつかないはずです。ところが高宮様ではなく、逆に尼子様が手袋を嵌めて灰皿を動かしたと考えれば、つじつまが合うのです。つまり高宮様の部屋からあの灰皿を持ってきたと」

「どういうことだ？」

「首を絞めている最中に高宮様が抵抗したため、その拍子に尼子様のメガネが指に引っかかって飛び、灰皿の中に落ちてしまった。その際、レンズが割れ細かい破片が中に散り、灰皿自体も底に亀裂が入ったため、メガネだけ回収するわけにいかなくなった。たとえ破片を綺麗に取り除いても、亀裂から不審に思われてしまいます。それならば灰皿ごと入れ替えるほうが簡単だと考えたのでしょう。桜川様の計らいで、部屋の備品はどれも同じ物でしたから、愛煙家の水口様はともかく、あとのお二人は灰皿を取り替えたところで気づかれる心配はありません。そして持ち帰った際、サイドボードの上に置いてあった御前の名刺の上に置いてしまったのです」

「不埒なやつめ」

探偵が小さく呟いたが、刑事の意識は執事に注がれていて聞こえなかったようだ。

「まあ、筋は通るが……。動機は？」

刑事は渋々譲歩する。

「動機は明白です。高宮様が殺されて、水口様に罪をなすりつければ、残る自分が弥生様の婿になれます」

「そんなに単純にいくものなの？　ボタン一つだけでは偽装と思われるかもしれないのに。自分も疑われるとは考えなかったの？」

信じられないといった表情で、皐月が声を上げた。

「はい。私は直接存じ上げませんが、聞いたところですと、ずいぶん考えの浅い方だったと。それで、ことがうまく運ぶと短絡的に思われたのでしょう。桜川様に期限を切られて、弥生様の反応から自分に脈がないとなれば残る手段は一つしかありません」

「でも、弥生は三人ともに気乗りしてなかったのよ」

「当の本人としては、自分に気がないのは判っても、他のお二人のことを弥生様がどう思っているかまでは測り難かったのではないでしょうか。他人に気があるように見えるのは、恋人同士でもよくあることですから」

「だがな」と痺れを切らしたように刑事が割って入る。「大事なことを忘れてないか。その尼子も殺されているんだがな」

「焦らないことだ。次はその尼子の件を任せた田中に訊いてみればいい」

答えたのは探偵だった。

「山本、ご苦労だった。下がっていいぞ」

「ありがとうございます」

執事が恭しく一礼して下がるのと入れ替わりに、メイド姿の田中がゆっくりと登場する。

「私はメイドの田中と申します。御前さまから尼子さまの事件を仰せつかりました」

面接にでも来たかのように明るい声でメイドは、執事同様に事件の詳細を説明したのち、

「尼子さまは正面から右側頭部を殴られており、一見左利きの高宮さまの犯行のように思われま

す。傍らに転がっていた凶器は、別邸のエントランスに飾られていた彫刻の一部でした。それはみなさまもご存じだと思います。ところがここに一つ奇妙なことがあります。彫刻は台座から山の字に三本隙間なく並んで立っていました。そして凶行に使われたのは、一番右端のものだったのです。もし犯人が左利きで左手で彫刻を抜き取ろうとすれば、中央の一番背の高い彫刻が邪魔なので、一番左端の彫刻を手にとったことでしょう。しかし、実際に使われたのは右端の彫刻でした。つまり犯人は右手で彫刻を台座から取ったと考えられます」

「つまり犯人は実は右利きで、左利きの高宮を陥れるために、わざと左手で殴ったと云いたいのか」

「そうです。殺人の時は意識して左手で殴りましたが、台座から取るときは無意識につい利き腕の右手で掴んでしまったのでしょう。現に犯人は素手で掴んだために、犯行前に全ての指紋を拭き取っています」

「では尼子殺しの犯人は水口だと？　しかし水口は死体を見つけて執事に連絡してきたんだぞ」

角刈り頭を神経質に掻きながら、刑事は吐き捨てる。年輩の山本ならまだしも、若い女に株を奪われるのはプライドが許さないというようなタイプなのだろう。

だがメイドはどこ吹く風で、

「第一発見者であれば、もし知らずに返り血を浴びていたとしても、生死を確かめるため死体に触れたときについたものだと、云い逃れができますから。それにもし先に高宮さまに発見されるとややこしくなる、と考えたのかもしれません。尼子さまが殺されたのを見れば、自分が犯人ではないことを知っている高宮さまは当然、水口さまの犯行と気づくでしょう。そして自分も殺される前にと、逆に反撃してくることも考えられます。……ただ、水口さまは愛知川さんへの電話の中で不用意にも『頭の左側を殴られて殺されていた』と発言してしまいました。ところが尼子さまは、実際は右側頭部を殴られていました。では、なぜ『頭の左側』と云ったのかというと、それは水口さまが正面から向かって頭の左側を殴ったからです。尼子さまは俯せの状態で発見されたので、誰が見ても頭の右側を殴られたと云うでしょう。ただ一人、実際に殺害した者以外は。おそらく左利きの工作を意識するあまり、つい口にしてしまったのでしょう。……あと動機についてですが、先ほど山本が申し上げたものと同様と考えられます。水口様も考えが浅い方のようでしたから」

そう一息に喋り、これで終わりとばかりに可愛く一礼した。

「尼子が高宮を殺し、その尼子を水口が殺したというのか。じゃあ、水口は誰に殺されたんだ？まさか高宮と云うんじゃないだろうな」

市辺は声を荒らげた。彼らに揶揄われている、と感じたのかもしれない。

「慌てなくても、それについては佐藤が調べているよ」

余裕の表情を崩さず、貴族探偵は次を促した。

「はい。御前。前を失礼いたします」

巨体を揺らしながら佐藤が入れ替わりに前に出る。これまでの使用人同様、運転手は事件の概要を述べると、

「私が疑問に思いましたのは、凶器が小さな果物ナイフであるという点です。もし確実に殺すなら、もっと刃渡りの長い凶器を使うか、一度きりではなく何度も刺してもよかったはずです。しかし犯人はそうしませんでした。もしかすると、致命傷にはならず生き延びる可能性があったにも拘わらず」

「尼子の指紋を残すためだな」

おおよその察しはついたとばかりに刑事が口を挟んだ。

「その通りです」運転手は刑事に向けて頷くと、「尼子様を犯人に仕立て上げるために、指紋がついたナイフが必要でした。おそらく尼子様が入浴中にくすねたものでしょう。犯人の思惑通りゴミ箱にはリンゴの皮が残っており、尼子様がナイフを使ったのは確かなようでした。そして犯

人は指紋を消さないように丁寧に刃を持つと、おそらく柄の尻の部分を押し込むように水口様へ向けて強く刺した。引き抜くとせっかく残っている指紋が乱れてしまうので、一度しか刺せなかったのです。幸い水口様はそのまま倒れて動かなくなってしまった。もし再び立ち上がってくるようでしたら、指紋は諦めて止めを刺したでしょうが」

「理屈は解る。解るが、今までの話の流れだと、君はそれを高宮がやったと云いたいのか。それとも別の人間が……」

ちらと刑事は弥生を見る。だが運転手は平然と、「犯人は高宮様です」と答えた。

「なぜ高宮様が尼子様の上着とスラックスを着ていたか？　それを考えればお解りになると思います。ナイフで人を刺すというのは常に返り血の危険を伴います。そのため返り血を浴びてもいいように、尼子様の服を着て犯行に及んだのです。むしろ尼子様の服なら返り血がつけばつくほど、尼子様が不利になりますし。おそらく服はナイフと一緒に盗み出したものと思われます」

「では高宮は自らの意思で尼子の服を着たというんだな」

「はい。おそらく高宮様が水口様を刺して部屋に戻ってきたところを、部屋に潜んでいた尼子様に殺されたのでしょう。またメガネが飛ぶなどのアクシデントがあったせいで冷静さを失ったのと、滞在中に高宮様も似たような服を着ていたこともあり、ボタンを握らせるときも、尼子様も自分の服だとはよもや疑いもしなかったと思われます」

「待ってくれ。その尼子は部屋に戻ったあと、水口に殺されたんだろ。君らの話は一つ一つは筋が通っているように見えるが、全体としては全く出鱈目じゃないか。馬鹿馬鹿しい。船頭多くして船山に登るとはよく云ったものだ。三人が別々に取りかかるからこんな茶番になるんだよ。捜査にはボトムアップとトップダウンの両輪が重要なんだ」

　侮蔑の表情を浮かべ、刑事は流暢に反論した。これだから素人は、とでも云いたげだ。だが皐月も同じ思いだった。当初、水口が尼子に、尼子が高宮に、高宮が水口に殺されたように見えた不可思議の輪が、使用人たちの説明で、水口が高宮に、高宮が尼子に、尼子が水口に殺されたのだと反転した。しかし向きが変わっただけでは、結局は同じ事だ。最初に殺された者が、最後に殺すことは出来ない。

　不安げに探偵を見ると、使用人に全幅の信頼をおいているのか、相変わらず泰然としている。

「市辺さんは考え違いをされています」

　相手の嘲笑など気にしていないそぶりで、運転手はクールに説明を続けた。

「水口様は細身のナイフで刺されましたが、すぐに絶命したわけではありません。ナイフは血管を傷つけましたが抜かれなかったために、内出血を起こしただけだったのです。おそらく水口様が死んだように見えたのは、倒れた拍子に頭をぶつけて気を失ったためで、二つ目のこぶはその時のものでしょう。しばらくして意識を取り戻した水口様は、自分が刺されたことにも気づかず、計画していた尼子様殺しを実行したのです」

「すると水口は背中にナイフを突き立てられたまま、尼子を撲殺したというのか。刺されて気づかないということがあるのか？」

「水口様は朝にも敷居に躓いて額をぶつけておられます。おそらく意識を取り戻したとき、部屋に入る際に刺されて倒れたのを、また敷居に躓いて頭をぶつけたと勘違いされたのではないでしょうか。本来なら記憶の齟齬や背中の痛みに気づいたでしょうが、殺人を前にして気が昂っていたために、他の感覚が鈍くなったとしても訝しくはありません」

「まあ、そういった事例がないこともないがな」

市辺が片頬をぴくぴく震わせる。認めたくないが認めざるを得ない、そんな矛盾が顔に表れていた。

「そして尼子様を撲殺した際の衝撃で内出血がひどくなり、自室で愛知川さんに工作の電話を掛けている頃に意識が遠のき、その場に倒れ死んでしまったと思われます。これは電話機の位置とドアの関係を考えても明らかです。電話機からは入り口と寝室どちらのドアも見えるうえに、ドアは古く開閉の際に音がしますので、誰かが入ってくれば直ぐに気づきます。背後から抵抗せずに刺されることはありえません。それにも拘わらず、物音が何一つしなかったというのは、愛知川さんとの通話中には、誰も何もしなかったということではないでしょうか」

「つまりだ」

ここでようやく探偵は口を開いた。

「三人が三人とも、ライヴァルを殺し、もう一人のライヴァルに罪をなすりつけて一人勝ちをしようと浅はかにも企んだ結果、共倒れになったということか。これは愉快だ。愚か者たちの最期としてはこれほど相応しいものはない」

三人の遺族が耳にしたら卒倒しそうな言葉を平気で吐く。朗らかな表情を皐月に向けると、

「よかったですね、皐月さん。これで弥生さんへの容疑は晴れました。それだけでなく、危うくこんな不心得者の一人を桜川家の跡取りにするところだったんですから。天網恢々疎にして漏らさずというが、まさにこのことだ」

「ええ」

皐月はどう答えて良いか迷っていた。あまりに突拍子もない展開に、まだ実感が湧かないのだ。それは皐月だけではなく、弥生も刑事も同様で、室内は奇妙な沈黙に包まれていた。そんな中、

「素晴らしい。わしの目が曇っていた故のこととはいえ、三人ともがそのような不届き者だったとは。危うく桜川家の名が地に堕ちるところだった。ありがとう、貴族探偵」

満面の笑みを浮かべた車椅子上の鷹亮の拍手だけが、部屋中に響き渡った。

「結局、子豚は狼でもあったわけなんですね」

ウッドチェアに身をあずけながら、皐月は晴れ晴れとした表情で、向かいに座った探偵に話しかけた。犯人は弥生でも鷹亮でもなかった。彼女の心配は杞憂に終わり、最悪の状況の中での最高の結果が得られた。自然と言葉も弾む。

吉野富士は雪が溶け始め、葛尾市にも春の声が届き始めている。厳しい冬のあとの目覚めの春。それを今日ほど実感したことはなかった。

「寓話では子豚が狼を食べましたが、寓話の根本に立ち返って話を人間に置き戻せば、どこにも不思議はない話ですからね」

探偵は一仕事終えた満足げな表情で、紅茶の香りに頷いている。入り口で控えている田中が淹れてくれた紅茶は、慌ただしかったこの三日間で最も美味しい気がした。

「これで全てが終わったんですね」

「まあ、そうでしょう。マスコミには箝口令が敷かれてますし、遺族も、彼らが殺人犯でもあることは確かなのですから、このまま闇に葬られることを望むでしょうね。哀れな被害者はすぐに忘れられますが、人殺しの噂は末代まで語り継がれますからね」

「本当にそう思いますわ」

しみじみと皐月は呟いた。もし鷹亮が犯人なら、弥生はどのように囁かれていたことだろう。たとえ彼女に欠片ほどの罪がなくとも茨の道を歩むことになったに違いない。もちろん鷹亮の外孫である皐月自身もだ。そう考えると、目の前の探偵に感謝してもし足りないくらいだった。

「実は私……お祖父様が犯人なのではと一瞬疑ってしまいましたの」

なぜこんな事を口にしたのか、云ったそばから皐月は戸惑ってしまった。

「ほう、それは面白いことを考えていたんですね」

探偵の表情は変わらない。皐月の告白に驚かなかったのか、それとも感情を殺していたのかは、彼女には読みとれなかった。

「だって、あの三人が殺されることを一番望んでいたのはお祖父様のように思えたから。一箇所に集めたのもお祖父様ですし」

思いのほか薄い反応に、皐月は腰を浮かし力説した。それが無意味なのは自分でも解っている。もしかすると懺悔の念がそうさせたのかもしれない。ただ目の前の探偵には理解してもらいたいと思ったのだ。

「あとで、桜川老にそれを話してみてはいかがですか？　きっと桜川老は笑ってこう答えると思いますよ。『どうしてわしが自ら手を下さなければならないんだ。見てみなさい。放っておいても勝手に殺し合っただろ』と」

「もしかして、お祖父様はこうなることを見越して」

「さあ」と探偵は肩を竦めた。「いかに老練な桜川老といえども、あそこまで見事に人を操るのは難しいでしょう。ただ、環境を整えて追い込んでいけば自滅するだろうという読みはあったのかもしれませんね。原因は解りませんが、おそらく桜川老にとってあの三人、いやあの三人の家は、喉に刺さった小骨みたいなものだったのでしょう」

探偵の言葉が正鵠を射ているのか皐月には解らない。ただ、落ち着き払った態度から流れ出てくるその言葉は説得力があった。それに、少なくとも探偵の目には、鷹亮はそれくらいしかねない人物と映っているのは確かだ。祖父の今まで知らなかった一面を、身内ゆえに気づかなかった一面を、皐月は垣間見た気がした。

「……弥生は、祖父の目的のための囮にされたのでしょうか？」

「囮という表現は適切ではないでしょうね。桜川老が弥生さんに後継者としての試練を与えようとしたのは間違いないと思いますよ。本来の目的とは別にね。いや、どちらが本来の目的なのかは解りませんが」

「でもその二つは矛盾していませんか？」

「そうでもないですよ。事が終わるまで何も決定しないという選択肢を選んだわけですから。おそらく桜川老も満足なのでは」

探偵がティーカップを口に運ぶ。

「まさか、弥生もこうなることを予見していたと？」

「安心してください。それはないでしょう。ただ弥生さんには、何か……そう、彼女のために行動を起こさなければならないと思わせる魅力が備わっているように感じますね。そして無意識にせよ、彼女自身がその流れを見極める資質を持っていると。上に立つ者としては、直接的な能力よりも、いかに人を動かせるかというほうが重要ですから。桜川老もそれを確認したかったのではないでしょうか」

「では全てが予定調和で、私が一人で気を揉んでいただけなのですね」

「いや、あなたが弥生さんの支えになったことは間違いないですよ。あなたがいなければ、三人のうちの誰かに押し切られていたかもしれませんから。たしか弥生さんがあなたに乞うたのですよね。つまりあなたは弥生さんにとって必要だったわけです。まあ、私も桜川老に巧く使われた口でしょうが。本当に老獪な人だ」

「ええ、まあ」と頷いたものの今ひとつ実感が湧かなかった。ただ、鷹亮のことを鑑みれば、弥生にも自分が知らない一面が秘められているのかも、と皐月は思わざるをえなかった。


「事件も解決したことですから、ゆっくり庭でも歩きませんか」という誘いに応じ、皐月は探偵と陽光が降り注ぐ芝に足を踏み入れた。テラスにメイドたちの姿が見える。躾のいい何の変哲もない使用人たち。それがあのような素晴らしい才能を持っていたとは。目の当たりにしていなければ、皐月はいくら力説されても信じなかっただろう。今は桜川家の窮地を救ってくれたことに感謝してもし足りないくらいだ。

「それで、あなたの万人の信頼に足る頭脳はいつ発揮されるのですか。使用人たちの素晴らしさはよく解りましたが」

「私の頭脳は既に発揮されましたよ。解りませんか？　私の頭脳はそこにいる三人ですよ。彼らは私の所有物である以上、推理などといった下らないことは、彼らにやらせておけばいいのです」

「なるほど。確かに貴族探偵ですわね」

皐月は溜息を吐いたが、今回は呆れはしなかった。逆に、こう見えて分を弁えた人間なのだなと、こっそり感心したくらいだ。

「では、彼らの中で誰が一番優れていましたか？」

探偵が三人を競わせていたことを思い出し、意地悪な質問をしてみる。それくらい許されるはずだ。探偵は歩みを止め、庭を横切るメジロを目で追ったあと、柔らかな表情で答える。

「愚問ですね。トロイ戦争を起こす気は私にはありません。そういうあなたこそどう思われました？」

「そうね、私には解りかねますわ。みな素晴らしくて。ただ……あの三人がいれば退屈しないのは確かなようですね」

心地よく身体を包む春風の中、皐月はやさしく微笑んだ。

この作品は、
『貴族探偵』（集英社文庫）収録の「加速度円舞曲」「春の声」を底本として
ほぼすべての漢字に読みがなをつけたものです。
各作品の初出は左記のとおりです。

「加速度円舞曲」　「小説すばる」二〇〇八年四月号
「春の声」　「小説すばる」二〇〇九年九月号

集英社みらい文庫

貴族探偵(きぞくたんてい)

みらい文庫版(ぶんこばん)

麻耶雄嵩(まやゆたか)　作

きろばいと　絵

✉ファンレターのあて先
〒101-8050　東京都千代田区一ツ橋2-5-10　集英社みらい文庫編集部
いただいたお便りは編集部から先生におわたしいたします。

2017年5月31日　第1刷発行

発行者　北畠輝幸
発行所　株式会社 集英社
〒101-8050　東京都千代田区一ツ橋2-5-10
電話　編集部 03-3230-6246
読者係 03-3230-6080
販売部 03-3230-6393（書店専用）
http://miraibunko.jp
装　丁　中島由佳理
印　刷　凸版印刷株式会社
製　本　凸版印刷株式会社

★この作品はフィクションです。実在の人物・団体・事件などにはいっさい関係ありません。
ISBN978-4-08-321374-8　C8293　N.D.C.913　170P　18cm

のストーリーが読めるよ!!

『貴族探偵対女探偵』

麻耶雄嵩・著（集英社文庫）

あらすじ

新米探偵・愛香は、親友の別荘で発生した殺人事件の現場で「貴族探偵」と遭遇。地道に捜査をする愛香などどこ吹く風で、貴族探偵は執事やメイドら使用人たちに推理を披露させる。愛香は探偵としての誇りをかけて、全てにおいて型破りの貴族探偵に果敢に挑む！事件を解決できるのは、果たしてどちらか。精緻なトリックとどんでん返しに満ちた５編を収録したディティクティブ・ミステリの傑作。

集英社文庫の『貴族探偵』では みらい文庫版には未収録

『貴族探偵』
麻耶雄嵩・著（集英社文庫）

あらすじ

信州の山荘で、鍵の掛かった密室状態の部屋から会社社長の遺体が発見された。自殺か、他殺か？　捜査に乗り出した警察の前に、突如あらわれた男がいた。その名も「貴族探偵」。警察上部への強力なコネと、執事やメイドら使用人を駆使して、数々の難事件を解決してゆく。斬新かつ精緻なトリックと強烈なキャラクターが融合した、かつてないディティクティブ・ミステリ、ここに誕生！　傑作５編を収録。

「みらい文庫」読者のみなさんへ

言葉を学ぶ、感性を磨く、創造力を育む……、読書は「人間力」を高めるために欠かせません。
たった一枚のページをめくる向こう側に、未知の世界、ドキドキのみらいが無限に広がっている。
これこそが「本」だけが持っているパワーです。

学校の朝の読書に、休み時間に、放課後に……。いつでも、どこでも、すぐに続きを読みたくなるような、魅力に溢れる本をたくさん揃えていきたい。読書がくれる、心がきらきらしたり胸がきゅんとする瞬間を体験してほしい、楽しんでほしい。みらいの日本、そして世界を担うみなさんが、やがて大人になった時、「読書の魅力を初めて知った本」「自分のおこづかいで初めて買った一冊」と思い出してくれるような作品を一所懸命、大切に創っていきたい。

そんないっぱいの想いを込めながら、作家の先生方と一緒に、私たちは素敵な本作りを続けていきます。「みらい文庫」は、無限の宇宙に浮かぶ星のように、夢をたたえ輝きながら、次々と新しく生まれ続けます。

本を持つ、その手の中に、ドキドキするみらい――。

本の宇宙から、自分だけの健やかな空想力を育て、〝みらいの星〟をたくさん見つけてください。
そして、大切なこと、大切な人をきちんと守る、強くて、やさしい大人になってくれることを心から願っています。

2011年　春

集英社みらい文庫編集部